红色家风

HONGSE JIAFENG

张天清 主编

百花洲文艺出版社
BAIHUAZHOU LITERATURE AND ART PRESS

图书在版编目（CIP）数据

红色家风 / 张天清主编. — 南昌：百花洲文艺出版社，2018.3（2025.8重印）
ISBN 978-7-5500-2728-2

Ⅰ.①红…　Ⅱ.①张…　Ⅲ.①家庭道德 – 中国　Ⅳ.①B823.1

中国版本图书馆CIP数据核字（2018）第044691号

红色家风

张天清　主编

责任编辑	李梦琦
书籍设计	赵　霞
制　作	何　丹

出版发行　百花洲文艺出版社
社　　址　南昌市红谷滩世贸路898号博能中心一期A座20楼
邮　　编　330038
经　　销　全国新华书店
印　　刷　江西千叶彩印有限公司
开　　本　720mm×1000mm　1/16　　印张　10
版　　次　2018年5月第1版第1次印刷
　　　　　2025年8月第1版第14次印刷
字　　数　100千字
书　　号　ISBN 978-7-5500-2728-2
定　　价　26.00元

赣版权登字　05-2018-99

邮购联系　0791-86895108
网址　http://www.bhzwy.com
图书若有印装错误，影响阅读，可向承印厂联系调换。

家庭是社会的细胞。家庭和睦则社会安定，家庭幸福则社会祥和，家庭文明则社会文明。历史和现实告诉我们，家庭的前途命运同国家和民族的前途命运紧密相连。……中国人历来讲求精忠报国，革命战争年代母亲教儿打东洋、妻子送郎上战场，社会主义建设时期先大家后小家、为大家舍小家，都体现着向上的家庭追求，体现着高尚的家国情怀。……毛泽东、周恩来、朱德同志等老一辈革命家都高度重视家风。我看了很多革命烈士留给子女的遗言，谆谆嘱托，殷殷希望，十分感人。……《礼记·大学》中说："所谓治国必先齐其家者，其家不可教而能教人者，无之。"领导干部的家风，不仅关系自己的家庭，而且关系党风政风。各级领导干部特别是高级干部要继承和弘扬中华优秀传统文化，继承和弘扬革命前辈的红色家风……严格要求亲属子女，过好亲情关，教育他们树立遵纪守法、艰苦朴素、自食其力的良好观念，明白见利忘义、贪赃枉法都是不道德的事情，要为全社会做表率。

——2016年12月习近平总书记在会见第一届全国文明家庭代表时的讲话（节选）

目　录

领袖家书

英烈留声

遗物故事

革命家庭

领袖家书

毛泽东致儿子毛岸英、毛岸青①

岸英、岸清②二儿:

很早以前,接到岸英的长信,岸清的信,岸英寄来的照片本,单张相片,并且是几次的信与照片,我都未复,很对你们不起,知你们悬念。

你们长进了,很欢喜的。岸英文理通顺,字也写得不坏,有进取的志气,是很好的。惟有一事向你们建议,趁着年纪尚轻,多向自然科学学习,少谈些政治。政治是要谈的,但目前以潜心多习自然科学为宜,社会科学辅之。将来可倒置过来,以社会科学为主,自然科学为辅。总之注意科学,只有科学是真学问,将来用处无穷。人家恭维你抬举你,这有一样好处,就是鼓励你上进;但有一样坏处,就是易长自满之气,得意忘形,有不知脚踏实地、实事求是的危险。你们有你们的前程,或好或坏,决定于你们自己及你们的直接环境,我不想来干涉你们,我的意见,只当作建议,由你们自己考虑决定。总之我欢喜你们,望你们更好。

岸英要我写诗,我一点诗兴也没有,因此写不出。关于寄书,前年我托西安林伯渠老同志寄了一大堆给你们少年集团③,听说没有收到,真是可惜。现再酌检一点寄上④,大批的待后。

我的身体今年差些，自己不满意自己；读书也少，因为颇忙。你们情形如何？甚以为念。

毛泽东

一九四一年一月三十一日

注释：

①这是毛泽东1941年1月31日写给儿子毛岸英、毛岸青的信，当时他们俩正在苏联上中学，毛泽东写这封信是督促他们学习，告诫他们不能骄傲自满，要脚踏实地、实事求是。

②岸清：指毛岸青。

③少年集团指由中共党组织送到苏联学习的中国少年儿童，他们当中有许多是革命烈士的子女。

④毛泽东随信附了一张书单，共21种60册："精忠岳传2、官场现形4、子不语正续3、三国志4、高中外国史3、高中本国史2、中国经济地理1、大众哲学1、中国历史教程1、兰花梦奇传1、峨嵋剑侠传4、小五义6、续小五义6、聊斋志异4、水浒4、薛刚反唐1、儒林外史2、何典1、清史演义2、洪秀全2、侠义江湖6。"

毛泽东致堂弟毛泽连、侄子毛远悌①

泽连、远悌②：

来信收到。

慰生六婶③及泽连均不要来京，也不宜在长沙住得太久，诊病完了即回韶山为好。现在人民政府决定精简节约，强调反对浪费，故不要来京，也不要在长沙住得太久。

泽连家境困难，待将来再设法略作帮助，目前不要靠望。

远悌在印厂工作，可在工作余暇进行学习。

请你们代我问六婶好！

祝你们都好！

毛泽东

十二月十一日

注释：

①这封信写于1951年12月11日，当时，毛泽东作为党和国家最高领导人经常会收到亲朋好友请求来北京的书信，他都婉转地拒绝，但是他还是尽力帮助烈属后代和亲属以及有功于革命的友人。在处理亲情、友

情、乡情的问题上，毛泽东的方法是极其高超的，既坚持自己的原则，又具有人情味。

②毛泽连：毛泽东的堂弟。毛远悌：毛泽东的远房侄子。

③慰生六婶：毛泽连的母亲。

周恩来、邓颖超致兄嫂周恩夔、陆淑珍①

铁仙四哥嫂：

　　相别几近三十年，一朝晤对，幸何如之。旧社会日趋没落，吾家亦同此命运，理有固然，宁庸回恋。惟人生赖奋斗而存，兄嫂此来，弟处他人檐下，实无可为助。倘在苏北，或可引兄嫂入生产之途，今则只能以弟应得之公家补助金五万元，送兄嫂作归途费用，敢希收纳。目前局势，正在变化万端，兄嫂宜即返扬，俾免②六伯父悬念。弟正值万忙之中，无法再谋一面。设大局能转危为安，或有机缘再见，届时亦当劝兄嫂作生产计也。

　　匆匆函告，恕不一一。顺颂旅安，并祈代向六伯父问候安好为恳。

七弟拜启

弟妹附笔

六月十一日

注释：

①这是周恩来1946年6月11日写给堂兄周恩夔及其妻子陆淑珍的一封信，当时周恩来率中共代表团驻南京，与国民党政府代表进行和平谈判，他的堂兄堂嫂前来投奔他，周恩来写信劝导他们自力更生。

②俾免：以免。

周恩来致妻子邓颖超①

超：

等了几天没接到你来电话，今午听说你又病了，甚为惦念。明日当与你通话，希望你能提早回京。我大约可迟到二十三日再走。这几天为报告忙起来了，而国内外又有些文电和事情要办，睡眠便又少了起来。现已夜深，听说明午琼英去穗，写此短笺，聊表怀念。"三八"之日虽未通话，却签了一个贺片，而且还是三十年前的笔名，你看了也许引起一些回忆。老了，总不免有些回忆。但是这个时代总是要求我们多向前看，多为后代着想，多向青年学习。偶一不注意，便有落后的危险，还得再鼓干劲，前进再前进啊！

问好。

翔宇②

一九五九年三月十八日夜

注释：

①这是周恩来1959年3月18日写给妻子邓颖超的一封信，当时邓颖超正在广州疗养，周恩来在信中既表达了对妻子的关心，也勉励她和自己一起鼓足干劲，努力向前。

②翔宇：周恩来，字翔宇。

及管公产吃饭，也是不对的。欠了公家的谷，当然要还。暂时还不起，以后慢慢的还是要还。而且以后再不能靠管公产吃饭了，也必须自己作田吃饭。以后他们自己作田吃饭，也才给我们以光荣。他们现在的困难，也是他们自讨的，不能怨恨别人。

中央已决定今年秋后分田不动富农的土地和财产⑦。七哥⑧大概要算富农，所以他家土地和财产可以不动，不会受什么损失。六哥⑨家过去也主要不是靠收租吃饭，而是靠雇请工人种地吃饭，他自己也劳动，所以大概也算富农，所以他家大概也不会动。以后作富农，雇请工人种地，自己也种地，这是可以的，合法的，不会受到大的斗争的，所以你们及其他的人家还可以雇长工短工作事，以帮助他们进行生产。六嫂今年雇人种田是好的。四嫂亦可雇人种田。这样，乡下找工作的人才有工作，你们也可过活。七哥家要雇人也是好的。因为允许雇人种地，对穷人也是有好处的，故可告诉乡下的亲故们：为了进行生产，尽可雇请长工和短工，讲好工钱，订好合同，以后按合同待遇工人，就不会有问题。

我回这封信给你，还是为了你们好，你们必须听我的话，老实照办，否则还是要讨苦吃的。对于过去，你们必须认错，请求农会原谅和教育你们。

祝你好

刘少奇

五月二日

注释：

①这是刘少奇于1950年5月2日写给他的姐姐刘绍懿的回信。刘绍懿是刘少奇的二姐，嫁到一个地主家庭，在中华人民共和国成立初期党领导的废除封建土地制度的土地改革运动中，不仅分了她家的土地财产，而且迫使她也要自食其力参加劳动。刘绍懿难免有抱怨情绪，于是写信向刘少奇哭诉。刘少奇接信后，没有利用自己的职权为姐姐谋取私利，而是回了这封信给她，向她阐释中华人民共和国土地改革政策，教育她告别封建剥削生活，自力更生。

②七姐：刘绍懿（刘少怡）在叔伯兄弟姐妹中排行第七。

③减租退押：中华人民共和国成立初期，新解放区在进行土地改革以前，一律实行减租退押。规定地主依法减低地租租额后，仍可向租种自己土地的农民收租，同时地主还应向农民退还租种土地的押金。

④二五减租：指地主收地租应按原租额减少百分之二十五；三七五限租：指地主收地租的租额不得超过出租土地的正产物收获总额的千分之三百七十五。

⑤中央已令各地停止退押：1950年4月14日中共中央发出指示："望令各地停止退押，已退者，亦不要送还，地主自愿退还者，农民亦可接受，但不要再去动员群众退押，不要向地主追逼。"

⑥六姐：名刘少德。土改时定为地主。

⑦中华人民共和国成立后在新解放区进行土地改革时，对富农的政策做了重要的调整，改变了解放战争时期征收富农多余的土地和财产

的政策，而实行保护富农自耕和雇人耕种的土地和其他财产、富农出租的小量土地一般也保留不动的政策，但对半地主式的富农出租的大量土地，超过其自耕和雇人耕种的土地数量者，则征收其出租的土地。

⑧七哥：名刘作衡。土改时定为富农，复查时定为地主。

⑨六哥：名刘云庭。土改时定为富农。

刘少奇致儿子刘允若①（节选）

亲爱的允若：

　　……过去你②常常同别人关系搞不好，主要的缺点或错误都是在你这方面。关于这点，我记得在你到延安中学读书以前，我就向你谈过，要你同先生们和同学们团结合作，在先生们和同学们面前不要怕自己吃了一点亏，不要去占别人的便宜，不要看不起别人。过去凡是你同家庭中或学校中的什么人搞不好时，我都是提出这个问题要你注意，屡次着重地向你讲过。虽然在你离京前一两年已有些进步，在你去苏联我们告别时，我仍旧提出这点要你牢记：不要骄傲，不要看不起人，要尊重大家的意见，要肯于为大家的事情吃一点亏。而且，我还引用了鲁迅的名言"横眉冷对千夫指，俯首甘为孺子牛"。不知这些话，你是否记得。你一贯的错误，就是你在劳动人民面前，在同志们面前，不肯"俯首甘为孺子牛"。现在根据你的来信看，你这个毛病不仅未改，而且有了发展。现在你应该向你的组织声明承认错误，请求同志们批评，虚心地接受大家的意见，使相互之间的关系正常起来。就是说，在你的同志们面前你要"俯首甘为孺子牛"。当你同你的同学们、你的组织方面搞不好，而且真理又不完全在你这方面时，我是不会支持你的，我只能相信和支持你的组织方面。你必须改正你的错误，否则坚持下去，还会要犯更大的错误。

你必须学会虚心听取同志们的批评。你必须了解，同志们对你最重要的帮助，就是当面指出你的错误和缺点。拒绝同志们的批评，就是拒绝同志们的帮助，就不能作一个共产党员。

你总以为你自己是对的，别人都是错的，人家都对不起你，你却没有对不起别人，你没有替别人着想，却要别人替你着想，你不肯为别人而有所牺牲，却要别人为你有所牺牲，你不去理别人，却要别人来理你，这是一种什么态度呢？在同志之间，这不是团结和合作的态度，而是同组织、同集体对立的态度，就是把自己个人放在同集体对立的地位，就是一种个人主义。而个人主义是一种资产阶级的思想，只有集体主义才是无产阶级的思想。你必须抛弃个人主义，接受集体主义。就是在任何时候，任何问题上都要首先考虑集体的利益，把集体的利益摆在前面，把个人愿望、个人利益摆在服从的地位；当个人愿望和个人利益同集体利益发生矛盾时，应该肯于为了集体的利益而牺牲个人的利益。你应该下决心成为这样一种人，决心改造自己，加强这方面的锻炼，经常注意个人与集体的关系，一有错误立即改正，否则，你将不会成为一个真正对人民有用的人。

……

最后，希望你能接受我的意见，真正改正错误，与同学们关系搞好，长期坚持地学下去，经常注意克服个人主义的思想，培养自己成为国家的一个有用的人。希望你这样做，而且必须这样做，不要辜负祖国和我们对你的期望！

我给你写了两封长信是不很容易的。你必须认真对待我所讲的话，彻底抛弃你的错误思想，把思想转过来，你就会愉快的。

祝你健康、愉快、进步！

刘少奇

一九五五年五月六日

注释：

①这是刘少奇1955年5月6日写给儿子刘允若的一封信，刘允若当时在苏联莫斯科航空学院读书，由于和同学们相处不好，要求转学转系，刘少奇针对这些问题，连续给他写了很多封信，这是其中一封。信中批评他的个人主义错误思想，指导他学会与人相处，专心学好科学知识，不辜负家人的期望。

②你：指刘允若。

朱德、康克清致女儿朱敏[1]

朱敏女儿：

我们身体都好。朱琦已在做事。高洁[2]还在科学院。兹送来今年上半年的像片两张。你在战争中应当一面服务，一面读书，脑力同体力都要同时并练为好。中日战争要比苏德战争更迟些结束。望你好好学习，将来回来作些建国事业为是。

朱德　康克清

1943.28/10于延安

注释：

①这是朱德和妻子康克清在1943年10月28日写给女儿朱敏的一封信，当时朱敏正在苏联国际儿童医院学习，朱德便写信勉励她好好学习，全面发展，为建设祖国做准备。

②高洁：即贺高洁，朱敏的表姐。当时在延安自然科学院学习。

朱德致儿子朱琦 ①

朱琦:

　　你的来信收到。你这次蹲点的经验，是正确的，作为改变你的思想和工作方法有很大益处。你过去的思想是封建和资本主义的思想交叉的，总是想向上爬，越走越不通，屡说也不改。这是你混过了你的宝贵时间。现在去蹲点，同群众看齐同吃同卧同劳动，深入了群众中去，就真正会了解社会主义如何建设，如何完成，就会想出很多办法，同群众一起创造出许多新的办法，推向前进。你们铁道部门是接管的企业，过去的旧框框没有打烂，又学苏联的新框框，就是迷失社会主义创造性的一条。现在在毛主席的辩证唯物主义的指导下，敢于创造出社会主义新类型，来改正铁道交通，是成功的。三结合的方法，主要的还是群众。社会主义教育在全国均有很大进步，望你再去蹲点。今后工作要求在现场工作，使你更进步才不会掉队。

朱德

一九六五年四月九日

注释：

①1965年，朱琦去北京郊区铁路系统机车车辆厂蹲点，写了一份调查报告，这是朱德在1965年4月9日写给他的回信，教导他要注意密切联系群众，做到从群众中来，到群众中去。

邓小平致孙辈①

给孙辈：

　　对中国的责任，我已经交卷了，就看你们的了。我十六岁时还没有你们的文化水平，没有你们那么多的现代知识，是靠自己学，在实际工作中学，自己锻炼出来的，十六七岁就上台演讲。在法国一呆就是五年，那时话都不懂，还不是靠锻炼。你们要学点本事为国家做贡献。大本事没有，小本事、中本事总要靠自己去锻炼。

1993年1月3日

注释：

　　①这是邓小平于1993年1月3日在浙江杭州写给孙辈的一封信，勉励孙辈靠自己锻炼本事。邓小平鲜少留下家书，但是他从不忽视对子女的教育，"父亲对我们的要求是国家法律不能侵犯，我们家的孩子要守法，要谨慎，名不要出得太大，要夹着尾巴做人，不能干出格的事"。邓小平长女邓林说："父亲经常说，我们家的人一个是要有作为，一个是要有出息，不能有大出息，也要有中出息、小出息。"这是邓小平作为一个父亲对她的教诲，邓小平晚年也不忘对孙辈们提出希望、给予鼓励，于是有了这一封家书。

陈云致女儿陈伟华①

南②：

十二月八日信今天收到。我万分欢喜（不是十分、百分、千分，而是万分），你要学习和看书了。咱家五个孩子中数你单纯幼稚。你虽然已开始工作，但还年轻，坚持下去，可以学到一些东西的，不过每天时间有限，要像你哥哥一样，每天挤时间学。

哲学是马列主义根本中的根本。这门科学是观察问题的观点（唯物论）和观察解决问题的办法（辩证法），随时随处都用得到，四卷毛选的文章，都贯彻着唯物论辩证法。

但是学习马列主义、增加革命知识，不能单靠几篇哲学著作。我今天下午收到你信后想了一下，我认为你应该这样学。

（1）订③一份参考消息（现在中央规定④中学教职员个人都能订），这可以知道世界大势（元元⑤连看了十年了），不知道世界革命的大事件，无法增加革命知识的。（订一份参考消息，每月只花⑥五角钱，你应该单独订一份，免得被人拿走。）

（2）每天看报。最好（看）人民日报，如果只有北京日报也可以。报纸上可以看出中央的政策（一个时期的重点重复报道，即是党中央的政策）。

只有既看日报，又看参考消息，才能知道国内国外的大势。这是政治上进步的必要基础。

（3）找一本中国近代史看看（从鸦片战争到解放），可能作者有某些观点是错误的，但可以看看近一百三十年的历史，没有历史知识就连毛选也看不懂。这种书家内客厅书柜中可能有。不要去看范文澜的古代史，这对你目前没有必要。

（4）找一本世界革命史看看，可能这本书很难找，我也没有见过这样一本书。如果找不到这本书，那就看：（一）马克思传（很难看懂，因有许多人名、事件你都不知道的），但可看一个概略。这本书现在我处，北京可能买到。曹津生有这本书（我要阿伟看，她看不懂放下未看）。（二）恩格斯传这本书也在我处。北京可能买到，这本书容易看些。元元在十年前进北京医院割扁桃体腺时就看了马克思传。（三）列宁传，这有两厚册，非卖品，我也带来江西，以后回京时你再看。

（5）马克思、恩格斯、列宁的著作很多，但我看来，只要十本到十五本就可以了。（一）共产党宣言是必须看的。（二）社会主义从空想到科学的发展。（三）资本论你看不懂，先找一本政治经济学，其中已把资本论的要点记出来了（这本书客厅书柜中可能有）。共产党宣言（在马克思全集第四卷），社会主义从空想到科学的发展（马恩全集第廿一卷）。马恩列斯的全集，我去年离京时要津生为我买了一套共182元，可能全在阿伟房内或你楼上房内。

我上面说的书再加上每天参考消息和北京日报或人民日报，是够你看的了。

其他等我回北京时再谈。看来人大⑦不是四月开就是七月开，我明年六月底一定回北京。

现在每星期下厂三四次，搞四好总评，但再去几次后，就不能下厂了，只能在家里（有暖气，已烧了）看书了。

我身体很好。其他人也很好。勿念。

爸爸

70.12.14日写

明日进城拉水时投邮

注释：

①这是陈云在1970年12月14日写给二女儿陈伟华的一封信，指导她正确地读书学习，读书要注重方法。

②南：即陈伟华。

③订：原信为"定"，改为"订"，下同。

④定：原信无"定"字，为编者所加。

⑤元元：指陈元，陈云的儿子。以下提到的曹津生、阿伟、新华、伟兰都是陈云的子女或亲戚。

⑥花：原信为"化"，改为"花"。

⑦人大：指四届人大一次会议。由于种种原因，这次会议推迟到1975年1月召开。

陈云致女儿陈伟华[①]

伟华：

我想用两年时间，再精读一遍毛主席若干著作、马恩选集、列宁选集、史（斯）大林若干著作。

你妈妈、陆琳阿姨也参加，阿伟、新华[②]愿参加。津生如愿参加也欢迎。伟兰功课紧恐难参加，如参加也欢迎。

自己阅读。每星期日上午六时半到九时半集中一起，大家提疑问和发表学习心得。

你能参加最好。当然只能两星期中参加一次（回家时）。另一个星期日自学（在辛营）。

八月二十日星期日是第一次集中讨论，可能那天正在北京家内。

先学哲学。

先学毛主席的实践论，分两次学读这篇哲学著作。这个星期日先学上半部，即选集259页到267页第六行为止。

如你想学，先看一遍实践论全篇，再重读259页到267页。必须细读，凡属有一点疑问都记下，到集中学习时提出讨论。

元方[③]

73.8.7日上午

注释:

①这是陈云在1973年8月7日写给女儿陈伟华的一封信,告诉她自己准备再读一遍经典著作,并将在家中开始早读会的消息告诉她,鼓励她参加。

②信中提到的阿伟、新华、津生、伟兰是陈云的子女和亲戚。

③元方:陈云下放江西时用的化名。

英烈留声

张太雷写给妻子的信①（节选）

张太雷（1898—1927），原名张曾让，字泰来，投身革命后又名椿年，后改名太雷，寓意震醒痴顽，打击强暴。江苏常州人。1919年投身五四运动。1920年10月参加北京共产主义小组。中国共产党早期的重要领导人之一，中国共产主义青年团的创始人之一。1927年12月12日，在领导广州起义时牺牲，时年29岁。

我此次离家远游并没有什么，你们也不必对于我有所牵挂。我觉得现在我做事，总不能说可以长久。今天不知明天如何。这样心境不能安定，心境不安定是如何痛苦呵！我想最好能自己独立生活，不要人家操纵我的生活。所以我立志到外国去求一点高深的学问，谋自己独立的生活。

我先前本也有做官发财的心念，所以我想等明年去考高等文官考试；但我现在觉悟：富贵是一种害人的东西。做了官，发了财，难保我的道德不坏。常常在官场中混，与那些不好的人在一起，嫖赌娶妾的事情或不能免。倘若是这样了，非特我的身体、道德要坏，恐怕家里要受莫大的苦处，你也看见多少做官发财的人们多嫖赌娶妾。倘若我做了官，发了财，我自己也不能保不像他们一样做坏事。惟有求得高深的学问，既可以自己独立谋生，不要依靠他人，这样就用不着恐惧失去饭碗，心境自然也就安定，心境安定是寿长的最要紧的事，又可以保持我清洁的身体，高尚的道德；不至于像那些做官的发财人一样嫖赌娶妾做坏事。……

你可以趁这个时期中用一点功。你一定要进学堂的，所费亦不算多。你第一要选择你擅长的功课，学习了可以使你独立。我想你学刺绣及图画一定是好的。刺绣要学那新式的刺绣，如绣花卉人物山水之类。图画学了是最有乐趣的，再者图画与刺绣是有极大关系的。因为刺绣配颜色等一定要会图画的人才会配得好。我想你于这两种课都是很擅长的，并且很欢喜的。这两样东西很有用处。你学好了这两样，你很可以自立了；那时你是一个独立的女子了。……除掉学习刺绣图画之外，你还要学一点普通常识，尤其对于如何教育子女，是要研究的。历史地理理科，是你应当懂一点的，国文只要多读新的白话文，可以多看小说如《水浒》《西游记》《红楼梦》等等。还要多看杂志与报纸，如妇女杂志，小说月报，常州局前街新群书社多有卖。同吴家大媳妇进学堂亦是很好，只不知那个学堂里刺绣图画好不好？你不要把我的话忘记了，我希望我回来的时候，我学得很好，你也学得很好，那时我们多快活呵，那时我们大家互相庆祝了。我希望能如此！

我们现在离开是暂时的，是要想谋将来永远幸福，所以你我不必以为是一件可忧的事。我们应该在这时期中大家努力做，寻我们将来永远的幸福，这是一件何等快乐的事呵。我并没有一点忧愁，因为我有这个目的在心中，我希望你也能有同样的心思，一点不忧愁，只用心照我告诉你的用功去。母亲是很能看得开的，你再拿我这一番话说与母亲听，她老人家一定能不牵挂我的。你必要照我告诉你的做，我在外心才能安。我很感激你，我发誓我决不负你。你在家安心供养母亲，教育细苹②，自己照我的话用功。

我一路有信给你，到俄国后我时常有信家来，不要忧愁。家里有什么要紧事可写信给吴南如……

注释:

①1921年1月，张太雷前往莫斯科参加共产国际第三次代表大会，并担任共产国际远东书记处中国科书记。在此之前，他写信给妻子陆静华，表达自己求学的理想，并劝导妻子也用功学习，成为一位独立的女子，同时照顾好家里母亲和孩子细苹。此信的信件手稿残缺开头和结尾。

②细苹: 指张太雷的长女张西屏，小名细苹。

向警予写给侄女的信①

向警予（1895—1928），原名向俊贤，湖南溆浦人。中国共产党早期著名的妇女运动领导人之一。1922年初加入中国共产党，是最早的女共产党员之一。1928年5月1日，在汉口英勇就义，时年33岁。

功侄②：

　　我来法年余接得你两封信，第二次信文字思想迥异于前，几疑不是你写的。这样长足的进步，真是"一日万里"，不禁狂喜！

　　科学是进步轨道上惟一最重要的工具，应当特别注意。你现在初级师范，程度与中学相当，所习的是普通科学（即基本科学），应当门门有点常识。你于英算文理能加以特别研究固好，但不要把别的抛弃了。

　　你不管做管理家业的政治家，愿发奋作一改造社会之人，有思想有能力，真是我的侄侄！现在正是掀天揭地社会大革命的时代，正需要一般有志青年实际从事。世界潮流社会问题都可于报章杂志中求之，有志改造社会的人不可不注意浏览。

　　毛泽东陶毅③这一流先生们，是我的同志，是改造社会的健将。我望你常在他们跟前请教！环境于人的影响极大，亲师取友，问道求学，是创造环境改进自己的最好方法。你们于潜心独研外，更要注意这一点；万不要一事不管、一毫不动，专只关门读死书。

熊先生④与我同在蒙台女学，人甚好。范先生住距巴不远之科伦坡，间与我通信，亦好。

你要的明信片，有钱即买寄。以后如能将你的一切状况时常告我，我最欢喜！近拟与熊先生们组织一通信社，以通全国女界之声气。此事如成，你们于立身修学，亦可得一圭臬矣。

九姑

四月廿九日午后

注释：

①这是向警予留法期间写给侄女向功治的家书，写于1920年4月29日。向功治是向警予大哥的女儿，留法期间，向警予曾接到过向功治写的两封家书。家书中，向功治向她最信任的姑姑，谈起自己尚不成熟的人生理想。于是，向警予写了这封回信，在信中肯定了向功治在学业和思想方面的进步，宣示着自己寻求真理、改造中国的伟大抱负。

②功侄：即向功治。

③陶毅：即陶斯咏。

④熊先生：即熊书彬，新民学会会员，与向警予同赴法勤工俭学。

熊雄写给姐夫的信①

熊雄(1892—1927)，江西宜丰人。早年参加辛亥革命。1922年6月加入中国少年共产党，不久转为中共党员。1925年9月，分配到黄埔军官学校任政治大队副队长。10月任东征军指挥部政治部秘书长，协助政治部主任周恩来工作。1927年4月15日，在广州反革命政变中被捕，5月中旬被秘密杀害，时年35岁。

安久②兄左右：

奉中秋后二日发来手书，闻亲耗及亡妻死事，长征累我，抱恨何穷。惟有含恨奋斗，少减罪戾而已，尚何言哉？亲柩既停鸡形，乞嘱家居诸左右，善为守视，他年东归，当与诸左右改葬先人于庐山，聊表一生清白耳。

家母前亦乞善为安慰为要。雄频得友人助行，入农学院，数年内当不归省。游俄事尚不一定实践，望转禀家母，请勿悬悬。季妹年渐长，望劝学习书算，俾减烦闷。仲晋③处亦曾去书速归矣，勿念。大哥携弟侄外游，可免坠落。二哥总理家务，谨慎有余，豪爽不足，对外各事，诸望兄分力相助为祷。五六两弟，助理家务，尽力为之，当有可观，惟恐怠性太重，难于振作，亦望兄随时开导激励他。诸甥午跻发蒙，望善教养。胡展长兄能为设帐培兰，实大佳事，愿兄图之。将来人类生活，渐趋实际，各处社会革命之呼声日高，即其表示，农工实为中坚。兄对乡邑尽可尽力创设农会，兼办教育也。尊意何如？乞示复。

弟雄敬上

十年十一月二十三日于法

注释：

①这是熊雄于1921年11月23日写给姐夫李思治的信，信中提到要转告自己的母亲不要挂念，要督促季妹（季秋）学习，请求姐夫帮助家中兄弟处理家务，进行开导激励。

②安久：即李思治，号安久，熊雄的三姐顺英的丈夫，江西宜丰南溪人。

③仲晋：彭尚的别号，江西宜丰人，熊雄的四妹季秋的丈夫，1926年在黄埔军校政治部工作。

夏明翰写给妻子的信①

夏明翰(1900—1928)，字桂根，湖南衡阳人。无产阶级革命家。1919年在衡阳参加学生爱国运动。1921年冬，经毛泽东、何叔衡介绍加入中国共产党。中共八七会议后，在湖南积极参加组织秋收起义。1928年3月20日，在武汉汉口余记里被杀害，时年28岁。

亲爱的夫人钧：

同志们曾说世上惟有家钧好，今日里才觉你是巾帼贤。我一生无愁无泪无私念，你切莫悲悲戚戚泪涟涟。张眼望，这人世，几家夫妻偕老有百年。抛头颅，洒热血，明翰早已视等闲。"各取所需"终有日，革命事业代代传。红珠②留作相思念，赤云③孤苦望成全。坚持革命继吾志，誓将真理传人寰！

注释：

①这是夏明翰于1928年3月在监狱中写给妻子的一封信。1928年3月20日，夏明翰就义后，郑家钧铭记夏明翰遗志，成为一名地下交通员，并将他们的女儿抚养长大。

②红珠：夏明翰曾赠予郑家钧一颗红珠，以寄相思。

③赤云：指夏明翰的女儿夏赤云。

何叔衡写给义子的信①

何叔衡（1876—1935），谱名启璇，学名瞻岵。湖南宁乡人。无产阶级革命家。1920年与毛泽东等发起组织俄罗斯研究会，并共同发起成立长沙的共产党早期组织。1921年参加中共一大。1931年赴中央苏区，曾任中华苏维埃共和国中央执行委员、内务部代部长等职。1934年10月中央红军长征后，留在根据地坚持斗争。1935年2月24日，从江西转移福建途中，在长汀突围战斗时壮烈牺牲。

新九阅悉：

接十一月祖父冥寿期，由葆②代笔之信，甚为感慰。我承你祖父之命，托你为嗣，其中情节，谁也难得揣料。惟至此时，或者也有人料得到了！现在我不妨说一说给你听：一、因你身瘰弱，将来只可作轻松一点的工作；二、将桃媳早收进来；三、你只能过乡村永久的生活，可待你母亲终老。至于我本身，当你过继结婚时，即已当亲友声明，我是绝对不靠你给养的。且我绝对不是我一家一乡的人，我的人生观，绝不是想安居乡里以善终的，绝对不能为一身一家谋升官发财以愚懦子孙的。此数言请你注意。我挂念你母亲，并非怕她饿死、冻死、惨死，只怕她不得一点精神上的安慰，而不生不死的乞人怜悯，只知泣涕。

　　我现在不说高深的理论，只说一点可做的事实罢了。1. 深耕易耨的作一点田土；2. 每日总要有点蔬菜吃；3. 打长要准备三个月的柴火；4. 打长要喂一个猪；5. 看相、算命、求神、问卦及一切用香烛钱纸的事（敬祖亦在内），一切废除；6. 凡亲戚朋友，站在帮助解救疾病死亡、非难横祸的观点上去行动，绝对不要作些虚伪的应酬；7. 凡你耳目所能听见的，手足所能行动的，你就应当不延挨、不畏难的去做，如我及芳宾等你不能顾及的，就不要操空心了；8. 绝对不要向人乞怜、诉苦；9. 凡一次遇见你大伯、三伯、周姑丈、袁姊夫、陈一哥等，要就如何做人、持家、待友、耕种、畜牧、事母、教子诸法，每一月要到周姑丈处走问一次，每半月到大伯、七婶处走一次，每一次到你七婶处，就要替她担水、提柴、买零碎东西才走，十九女可常请你母亲带了，你三伯发火时，你不要怕，要近前去解释、去慰问；10. 你自己要学算、写字、看书、打拳、打鸟枪、吹笛、扯琴、唱歌。够了！不要忘记呀！你接此信后，要请葆华来（要你母亲自己讲，她的口气，我认得的），请她写一些零碎的事给我。

父

二月三号（十二月二十三日）笔

注释：

①这是1929年2月3日（农历1928年12月23日）何叔衡从莫斯科写给义子何新九的一封家书，细致入微地教导他如何待人接物。

②葆：指袁葆华，何新九的堂姐夫。

李硕勋写给妻子的信①

李硕勋（1903—1931），别名李陶。四川高县人。1931年6月，任中共广东省军委书记，受党的委派，前往海南指导武装斗争。抵达海口后，因叛徒出卖而不幸被捕，同年9月5日在海口市东校场英勇就义，时年28岁。

陶②：

余在琼③已直认不讳，日内恐即将判决，余亦即将与你们长别，在前方，在后方，日死若干人，余亦其中之一耳。死后勿为我过悲，惟望善育吾儿，你宜设法送之返家中，你亦努力谋自立为要。死后尸总会收的，绝不许来，千嘱万嘱。

勋

九·十四

注释：

①这封遗书是李硕勋于1931年9月14日（就义前两日）写的。书中所说"吾儿"，即指国务院前总理、第九届全国人大常委会委员长李鹏同志。

②陶：李硕勋的妻子赵君陶。

③琼：海南岛。

王若飞写给舅父的信①

王若飞（1896—1946），贵州安顺人，我党早期杰出无产阶级革命家。1915年在舅父黄齐声的带领下，参加"反袁运动"，从此走上革命道路。1922年6月，同赵世炎、周恩来等发起成立"旅欧中国少年共产党"，1923年4月加入中国共产党。1931年，参与领导西北地区包括陕、甘、宁、晋、绥、新等地农民斗争，开展土地革命。1931年11月21日在包头因叛徒出卖不幸被捕，坚贞不屈。1937年5月抗日战争爆发前夕，被党组织部营救出狱。1946年4月8日因飞机失事遇难，享年50岁。

亲爱的舅父②：

今日得读舅父一月十八日来信，并汇来洋五元，前次汇来十元亦已收到，因上次发信时，写的过多，竟忘告诉。舅父对我生活如此关切，真是说不出的感激。前日由高等法院转来绥远省政府发还存款尾数57元3角（因为从前领过50元绥币，合大洋20元，所以此时实发37元3角）给我狱中零用，至于全部存款，须俟本案判决，始能定夺。所以我现时的钱，已够一年的花销，以后请舅父不必挂念。

舅父信谓改造社会与打破环境之人，必须注意个人环境的修养而后可以取信于人，这是很对的。舅父举中庸之好学、力行、知耻相勉，自当接受。好学、力行的功夫尚不困难，"知耻近乎勇③"，是含有很大意义的。常见一般人，总喜欢掩饰自己的错误，掩饰自己的缺点，掩饰自己的不能，去盗名窃信，而终于站不住脚。只有真正的大勇者，才不以名位系心，才不以明白的承认自己的弱点为可耻；而以不知自己的弱点，不能除去这些错误弱点为可耻，努力的实行"过则勿惮改④"的精神，努力的除去自己的弱点。所以"知耻近乎勇"，能知耻者，终必成事。

舅父寄来历史图说，已看见秦良玉一套，编印都很好。还有五套在科内，尚未交下来，舅父题郑子尹先生巢经巢诗抄，及郑先生醉寄内妹诗，均已反复讽诵，颇感兴趣。

数日前提笔给铭兄写信时，正当岁尾年头，不免有刘玄德髀肉复生之感，故语气亦自然反映出一些感慨之言。现在狱中对于健康颇知注意，近来尤特别于饮食及清洁加意。更可告慰者，是甥之精神并无丝毫颓丧，所以一切能熬耐，务请舅父不必挂念。冬令天短，房中常是阴暗，自然使精神上也受些影响，好在现已交春，天气渐暖，日光春风能渐送入，身体亦当较现状为佳。

近日传闻日军已占山海关，进攻热河，必然要使华北震动，舅父原已定期南下度岁，竟反因此不走，以视一般之临难苟免仓皇远避者，愈见舅父精神之不可及。传说是战争甚紧，绥远傅主席⑤将率三十五军东下参加作战。我未能看见报纸，不知中国是否已经对日绝交宣战，实行抵抗，实力夺回东三省，抑或只是增加防御。如果真是已经绝交宣战，则这个战争与其意义十分重大。我认为这个战争是中国民族革命的战争，每个真正的革命者，都应参加这个战争，拥护这个战争的胜利。所以我写了一封信给傅作义主席，说明我对于这个民族革命的抗日战争的意见，并要求能给我以实际参加的机会，使我的血能流在这伟大的革命战争中。也许我的意见我的要求很难被采纳。但我的自信是每个真正的革命者在这严重的局面下，在这关系民族存亡的革命战争中必须有的表示。我将原信抄在铭青兄信后，嘱代转送舅父。今接舅父信，知他已南迁，所以连给他的信一并寄交舅父。祝舅父健康

甥　若飞

一九三三年一月三十日

注释：

①这是王若飞于1933年1月30日写给舅父黄齐声的信，感谢舅父对自己的关心和培养，并与他探讨革命的必要性，坚定革命必胜的信念。

②舅父：即黄齐声先生（1879—1946），贵州省安顺人。著名的人民教育家，终生献身于教育事业。他抚育王若飞长大成人，赞助王若飞同志从事革命工作。王若飞同志被捕后，他不畏艰险，设法营救。1946年4月8日，同王若飞等同志同机遇难，享年67岁。

③知耻近乎勇：知道廉耻，就是近乎勇敢的行为。

④过则勿惮改：过，犯错；惮，畏惧，怕。即知错就不要怕改。

⑤傅主席：即傅作义。当时任国民党绥远省政府主席。

刘伯坚写给兄嫂的信^①

刘伯坚（1895—1935），四川平昌人。1921年与周恩来等发起组织中国少年共产党。1922年加入中国共产党。1931年底，参与领导宁都起义，后任红五军团政治部主任。1935年3月率留守苏区部队突围时不幸负伤被俘，3月21日壮烈牺牲，时年40岁。

凤笙大嫂^②并转五六诸兄嫂：

弟于三月四日在江西信丰县唐村被粤军^③俘虏，押解大庾粤军第一军部，三月二十二日要在大庾牺牲了。

弟在唐村被俘时，就决定一死以殉主义，并为中国民（族）解放流血，曾有遗嘱及绝命词寄给你们，不知收到没有？

弟为中国革命牺牲毫无遗恨，不久的将来，中国民族必能得到解放，弟的鲜血不是空流了的。

虎、豹、熊^④三幼儿将来的教养，完（全）赖诸兄嫂……

诸幼儿在十八岁前可受学校教育，十八岁后即入工厂作工为工人。他们结婚更不要早，迟至三十岁左右再结婚亦不为迟，以免早婚多儿女累，不能成就事业。

最重要的，诸儿要继续我的志向，为中国民族的解放努力流血，继续我未完成的光荣事业。

这封信须要给叔振⑤同志一阅，她可能已到沪了。

此致

最后的亲爱的敬礼

弟刘伯坚

三月廿日于大庾

我已要求粤军枪毙我后葬我在大庾梅关附近。⑥

注释：

①此信写于1935年3月20日。刘伯坚临刑前，敌人问他还有什么后事要办。刘伯坚说："有！第一，我要写封家信，交代我的子孙后代要将革命进行到底！第二，我死之后要把我葬在梅关，使我死后也能看到革命的烈火到处燃烧！"敌人只好给他笔和纸。刘伯坚镇定自若地写下了临刑前这封动人心魄的家书。

②凤笙大嫂：即梁凤笙，刘伯坚妻子的嫂嫂。

③粤军：即国民党广东军阀部队。

④虎、豹、熊：即刘虎生、刘豹生、刘熊生，系刘伯坚的孩子。

⑤叔振：即王叔振，刘伯坚的妻子，早年参加革命，后在闽西牺牲。

⑥刘伯坚牺牲后，实际葬在大庾金莲山下。

赵一曼写给儿子的信①

赵一曼（1905—1936），原名李坤泰，字淑宁，四川宜宾人。毕业于黄埔军校六期，抗日民族英雄。1923年加入中国社会主义青年团，1926年加入中国共产党。1935年任东北抗日联军第三军二团政委，1936年6月30日，赵一曼不幸被俘，受到残酷的刑讯。1936年8月2日，在珠河被日寇杀害，时年31岁。

宁儿，母亲对于你没有能尽到教育的责任，实在是遗憾的事情。母亲因为坚决地做了反满抗日的斗争，今天已经到了牺牲的前夕了。母亲和你在生前是永久没有再见面的机会了。希望你，宁儿啊，赶快成人，来安慰你地下的母亲，我最亲爱的孩子。母亲不用千言万语来教育你，就用实行来教育你，在你长大成人之后，希望不要忘记你的母亲是为国而牺牲的。

你的母亲赵一曼于车中

一九三六年八月二日

注释：

①这是赵一曼于1936年8月2日牺牲前写给儿子陈掖贤的一封信，表达自己对儿子的歉疚和期望。

左权写给妻子的信①（节选）

左权（1905—1942），字孳麟，号叔仁，湖南醴陵人。无产阶级革命家、军事家。1925年加入中国共产党。抗日战争爆发后，左权历任八路军副总参谋长、八路军前方总部参谋长等职务。1942年5月，日军对太行抗日根据地发动大"扫荡"，左权指挥部队掩护中共中央北方局和八路军总部等机关突围转移时不幸壮烈殉国，时年37岁。

志兰，亲爱的：

……

关于共同生活上的一些问题，你感到有些相异之处，有些是事实。部队生活有些枯燥，加上我素性沉默好静，不爱多言，也不长言说，文字拙劣，真诚热情不善表露，一切伪装做作更作不出来，也不是我所愿，对人只有一片直平坦白的真诚，你当能了解。看到共同生活中这些之处而作适当的调剂，使之在生活上更加接近与充实，也有其意义的，我总觉得这只是次要的问题。如果把问题提到原则一些，共同生活更久一些多习惯一些，那一切也就没问题了。志兰，你认为如何？对不对？

……

我同意你回延主要的是为了你的学习，因为在我们结婚起你就不断的提起想回延学习的问题。生太北后因小孩关系看到你不能很好的工作又不能更多的学习，以为回延后能迅速的处理小孩，能迅速的进校读书，当然是很好的。所以就毫不犹豫同意了你的提议。其实在你未提出回延问题以前我已有念头了。你走后有人说左权是个傻子，把老婆送到延安去。因他们不了解同意你回延主要的是为了你的学习，我也就不去理会他。而今你亦似不解似的，以"讨厌"等见责，给我难以理解了。我想你的这种了解是不应该的。

志兰！亲爱的，你走后我常感生活孤单，常望着有安慰的人在，你当同感。常有同志对我说把刘志兰接回来吧。我也很同意这些同志的好意，有时竟想提议你能早些返前方，但一念及你求知欲之高，向上心之强总想求进步，这是每个共产党员应有的态度。为不延误你这些，又不得不把我的望之切念之殷情打消忍耐着。

……

托人买了两套热天的小衣服给太北②，还没送来，冬天衣服做好后送你，红毛线裤去冬托人打过了一次寄你。如太北的衣服够穿，你可留用，随你处理，我的问题容易解决。另寄呢衣一件、军衣一件、裤两条及几件日用品统希收用，牛奶饼干七盒是自造的还很好，另法币廿元，这是最近翻译了一点东西的稿费，希留用。

照片几张，均是最近照的，一并寄你，希安好。

不多写了，时刻望你的信。

祝你快乐，努力学习。

感谢叶群、慕林同志的问候，请代致谢。

你的时刻想念着的人，太北的爸爸

五月廿晚

注释：

①这是左权于1941年5月20日写给妻子刘志兰的一封信，鼓励她克服困难，不断学习进步。

②太北：指左太北，左权的女儿。

江姐写给表弟的信①

江姐（1920—1949），即革命烈士江竹筠，曾用名江志炜，四川自贡人。1939年加入中国共产党。1948年6月14日，在万县被捕，被关押于重庆军统渣滓洞监狱。1949年11月14日，在重庆即将解放的前夕，被国民党军统特务杀害，年仅29岁。

竹安弟：

友人告知我你的近况，我感到非常难受。么（幺）姐及两个孩子给你的负担的确是太重了，尤其是现在的物价情况下，以你仅有的收入，不知把你拖成甚（什）么个样子。除了伤心而外，就只有恨了……我想你决不会抱怨孩子的爸爸和我吧？苦难的日子快完了，除了这希望的日子快点到来而外，我甚（什）么都不能兑现。安弟！的确太辛苦你了。

我有必胜和必活的信心，自入狱日起（去年6月被捕）我就下了两年坐牢的决心，现在时局变化的情况，年底有出牢的可能。蒋王八的来渝固然不是一件好事，但是不管他若何顽固，现在战事已近川边，这是事实，重庆在（再）强也不可能和平、京、穗相比，因此大方的给它三四月的命运就会完蛋的。我们在牢里也不白坐，我们一直是不断的（地）在学习，希望我俩见面时你更有惊人的进步。这点我们当然及不上外面的朋友。话又得说回来，我们到底还是虎口里的人，生死未定，万一他作破坏到底的孤注一掷，一个炸蛋（弹）两三百人的看守所就完了。这可能我们估计的确很少，但是并不等于没有。假若不幸的话，云儿就送你了，盼教以踏着父母之足迹，以建设新中国为志，为共产主义革命事业奋（斗）到底。

孩子们决不要骄（娇）养，粗服淡饭足矣。么（幺）姐是否仍在重庆？若在，云儿②可以不必送托儿所，可节省一笔费用。你以为如何？就这样吧。愿我们早日见面。握别。愿你们都健康。

竹姐

八月廿七日

注释：

①1948年1月，江竹筠爱人彭云梧在奉节竹园镇战斗中牺牲，她回重庆向川东临委报告，组织上原决定让她留下，但她不顾丧夫别子的悲痛，于1948年2月重返万县，参加万县工作。1948年6月14日，江竹筠在万县被捕，被关押在重庆军统渣滓洞监狱，在狱中，她写了这封信给竹安弟（江姐的表弟谭竹安）。这封遗书既体现了她对于革命必胜的决心，也表达了她作为一个母亲对孩子教育的重视，以及对他的殷切期盼。

②云儿：即彭云，江竹筠的儿子。

刘晖春写给弟弟的信①

刘晖春（1903—1927），乳名刘筠节。江西吉水人。1926年加入国民革命军学兵团，不久加入中国共产党。1927年考入中央军事政治学校，同年12月参加了广州起义，在战斗中不幸牺牲，时年25岁。

符、笃、
廉、应②节，　我亲爱的弟弟！

我现在不写信，首先和（向）③各亲爱的弟弟敬礼！

各位亲爱的弟们，兄弟自去年离家不能和各弟弟见面谈心，……要知道为兄的痛苦出于不得已抛弃家属远别，同时，兄弟也感觉得你和我差不多的痛苦。我现在在这封信里面表明我们的苦楚：我们自幼至壮没有一人不受封建势力的压迫，好象住在网罗一样；并且受贪官污吏——劣绅土豪的压迫。耕者不能舒服，一年至（到）头没有什么好处。冬天要在刀一般（的）北风里面做工作，夏天要在火一般的太阳底下做工作。"日出而作，日入面息，不被（避）雨雪"。世界上最最痛苦就是打赤脚的耕田人，这个苦楚要廉弟和我们家里的耕者就（能）感受的。我们的读书人是什么苦楚呢？一个人有几个不知道。这个苦，内容非常宽大，我现在从表面上说，若从实际说来，兄弟恐怕眼泪能（难）止，弄得纸上乌七八糟。你们要晓得我们到了一个什么时代，社会进化了一个甚么地步（？）我们就是到了一个新时代，社会进化了一个文明地步，换句话说，就是到了一个新时期！我们的苦从那个地（方）说起呢？就将我比一比：在幼年的时（候）就从孔子、孟子老先生（的）书读起，到后来什么《五经》都要读，天天只望进学中举，磨肠擦腹想坐学堂又没有钱，常常受宗法社会的压迫，这种苦衷真是难讲。我总（起）来说，老老实实告诉你们，就是封建制度和帝国主义麻醉我们。经济困难，就是受外国的剥削吸收去了；加之军阀相持连年争战不绝，消耗中国金融。怀（还有）一层，贪官污吏——绅士们掌握我们，要我们死就死，要我们生就生。你们现在到了二十岁上下，可以晓得一点！请你们看我们吉水那些大劣绅是不是这样？说到（得）远了你们是不懂得的，咳！咳！上面所说的话没有一点假的，是确确实实。……你们现在是中国的青年，尤其是中国革命的青年，应该怎样才能得到解放，才能得到自由平等？我在这块（里）最希望你们（有）团结精神，没有什么亲疏兄弟的分别，我们同时是世界上（的）人，近言之就是中国人，要把从先那种封建思想一概打破，不可留一毫在脑海里！从前那种萎靡不振的气象完全要去掉了，要自己独立，找我们正当的事业，不要大人来严管，你们要听训教。末后说几句：

希望弟弟们要团结精神，要服从大人训教，那（这）是我最后的希望，倘有不正当的（之）处，请亲爱的弟弟原谅！完毕。询问

你们

脑健！！！

兄　刘晖春　谨启

注释:

①这是刘晖春烈士于1927年3月9日写给他的弟弟们的信,信中交代他们要摒除封建思想,有团结精神,要自己独立,找到正当的事业。

②符节:即刘符节,系刘晖春的二弟,在刘晖春的启发教导下,于1927年参加革命,1939年任中共赣西南特委书记时被害。笃节:即刘笃节,系刘晖春的三弟,1929年参加革命,1934年任中共公略县陂头区区委书记。廉节、应节:刘廉节、刘应节,系刘晖春三叔刘奇品的儿子。

③为编者所加,下同。

夏日晖写给母亲的信①（节选）

夏日晖（1903—1930），江西丰城人。1927年5月加入中国共产党。1928年任江西省委特派员。1930年4月被国民党反动派秘密杀害，时年27岁。

你的儿子为革命而牺牲，是光荣的，请您不要悲伤。诸弟年幼，请循循善诱，扶养长大，以备他日继续报答国家。但我不能报您养育之恩，心甚悲痛！然而中国的残暴者，虽然竭尽残暴之能事，他们的末日终有一天要来临……

注释:

①这封遗书是夏日晖于1930年4月在国民党南昌卫戍司令部监狱写给母亲的信。在信中，他表达了不能报答母亲养育之恩的遗憾，也叮嘱母亲好好教导弟弟们，以报答国家，同时，他还向家人表达了革命必胜的信心。

聂之俊写给妻子的信①（节选）

聂之俊（1916—1939），字德明。江西清江（今樟树市）人。1935年考入武汉大学。1937年11月为参加抗日救亡的宣传活动，毅然离开武汉大学，次年1月加入中国共产党。1939年1月21日，被国民党特务暗杀，时年23岁。

一

玉容：

　　我们中国这次对日本抵抗，一方面固然阻止他们来灭亡我们的国家，奴役我们的人民，而且是中国全体人民求解放、求自由平等的时候。从此，在战争结束以后，我们将不受外国人的压迫，苛捐杂税的剥削；而且也可以得到真正的男女平等和平权。那时女子可以在社会上每一种事业里服务，以尽展其才，以尽享其利。

　　我在家的日子太少，不能尽量地指导你做事读书，但是我很希望你能够极努力地练字、读书和写作（作日记、写信以及做短的"文章"）。至于读到不了解的地方，如新名词，或稍深一点的词句，可以摘下写信问我。你要明白，现在的"世界"，已不是从前的世界（世界和世界上的一切经古时候到现在都是在变动的，都是要朝着进步的、合理的境界里走去）。比如男人觉得辫子很脏、很费时间、很不雅观，就要把它剃掉；女人的三寸金莲不便行走，就要把它放大。——人之所以比禽兽强，就是因为人有知识，知道求进步。在从前，女子无才便是德，可是在现在，应该和男子一样。看学校里的情形好了，女学生好多比男学生成绩好，到社会上办事也比男人精密，但多数不及男人勇敢和有毅力。不过一件旧的事要变为新的，不是马上做得到，中间还需要一个过渡时期……

俊

九、一

二

玉容：

　　……

我近来发现一般人（男的或者女的）能够自立而为社会有用的多是困苦出身；反之，有些环境很好，坐了很多年学校，结果毫无用处。这并不是证明学校无用不必读书；而是证明入学校的人没有真正读书谋得真正自立的本领，诚可慨也！

在这厂里，女工占三分之二，它（她）们都很勤劳，不过待遇很苛刻。较之日日打麻将为唯一任务的太太少奶们，虽然辛苦得多，可是我觉得这样的生活是更有意义更为神圣的。

近来北平的女学生（男生也有）鉴于国难，日亟有"露营"之举，他们和她们亲自搬行李上山，安置帐篷，挑水煮饭。然后练习爬山，准备事急上前线杀敌——凌辱我们的日本人。你看他们多可敬仰！

……

完了，祝你快乐

德明

七月二十日

注释：

①这是聂之俊烈士参加革命至1938年之间写给他的妻子彭玉容的信。聂之俊外出求学，接受进步思想，主张男女平等，在信中多次跟妻子说到当今社会女子应该和男子一个样，"女子无才便是德"是封建思想，鼓励妻子多读书，多练字，多写作。聂之俊生前，据家里父母来信知道妻子生了个小孩，但直到临死前，也不知道是男孩还是女孩。因为他的父亲曾在信中告诉聂之俊，你妻生了个女孩！其意是想骗他回家，再生一个男孩，以传宗接代。家有妇孺殷殷盼归，老父又反复去函催促，但聂之俊孤身在竹溪坚持斗争，反而回信劝慰父亲：男女都一样，关键是将来能不能为社会出力……

遗物故事

朱德、康克清：长征途中留下的伙食尾子

（现藏于中国人民革命军事博物馆）

　　朱德（1886—1976），四川仪陇人。伟大的马克思主义者，伟大的无产阶级革命家、政治家、军事家。1934年10月，第五次反"围剿"失败后，中央主力红军为摆脱国民党军队的包围追击，被迫实行转移，退出中央根据地，进行长征。长征中，红军队伍实行供给制，从最高首长到普通士兵，每人每天的伙食费只有5分钱（当时钱币）。即使钱很少，参与伙食管理的同志也精

打细算，从而到每次结算时，都有一些伙食节余。这些钱在经过士兵委员会讨论后，一般也会按照从最高首长到普通士兵一律平等的原则平均分配给大家零用。这些零用的伙食结余被称为"伙食尾子"。这里的3块银圆和1枚铜币，是朱德、康克清夫妇当年在红军队伍中分到的"伙食尾子"。其中，铜币是康克清在中央苏区瑞金分到的5分钱。

红军时期，朱德曾写过一副对联："红军中官兵们吃穿一样，白军里将校尉待遇不同。"朱德当时是红军总司令，但他经常和战士们战斗、劳动、生活在一起，从没提出过特殊的要求。这样，在半年的时间里，朱德、康克清和全军士兵一样，每人分到了一元五角钱的"伙食尾子"，加起来是3块银圆。为纪念红军时期的艰苦岁月，朱德、康克清没有舍得把这些钱花掉，一直珍藏在身边，并以此教育子女艰苦朴素，不搞特殊。他的儿子朱琦曾经在战斗中负伤，导致右脚残疾。中华人民共和国成立后朱琦转业时，朱德叮嘱他："必须服从组织分配，不要任何特殊照顾。"按照朱德的要求，在部队已是团级干部的朱琦先是当练习生，后来当火车司炉工和司机，真正从一名普通工人干起。朱琦严格要求自己，以至于许多和他在一起战斗、工作过多年的同志都不知道他是朱德的儿子。

任弼时：珍藏的半条皮带

（现藏于中国国家博物馆）

　　任弼时（1904—1950），湖南汨罗人。伟大的马克思主义者，杰出的无产阶级革命家、政治家、组织家。在中国国家博物馆里，陈列着一件特殊的展品，它是红军长征过草地时吃剩下的半条皮带。当时，野草被吃光，许多战士因饥饿昏倒在地上。任弼时想到了吃皮带。他和警卫员拿小刀将皮带切成若干段，用水煮着吃，每次每人只能吃3小段。虽然味道难闻，他却风趣地称之为"吃煮牛肉"。走出草地后，任弼时将吃剩的皮带一直保存着。

　　长征的艰苦让任弼时更加节俭朴素，在革命年代，他常常灰衣草鞋，30多岁的时候被老百姓误认为50多岁；一件用旧围巾的毛线翻织的背心，他一穿就是十多年；一条毯子从长征时期一直用到逝世。任弼时不仅严格要求自己，而且十分重视对子女的教育。任弼时的次女任远征说："父亲严慈相济，家训甚紧，影响后辈几代人。""凡事不能超越制度"是他对家人的教导。1948年，任弼时全家随中央进驻西柏坡。一次，他的两个儿子想给掉了漆的自行车做件车衣，他们就学着大人的样子打了张领条，让警卫员领了6尺白布。车衣还没做，任弼时就知道了这件事情，把他们叫到身边，非常严厉地教导他们说："毛主席号召'节约每一个铜板'，他自己还穿着补丁衣服呢。你们领公家的布做车衣，好不好？"兄弟俩听了父亲的话，当即归还了白布。

　　任弼时一生清廉，没有给子女留下多少遗产，但他的艰苦朴素的作风却是子女受用一生的无尽财富。

董必武：参加联合国大会时穿的长呢大衣

（现藏于重庆红岩革命纪念馆）

　　董必武（1886—1975），湖北黄安（今红安）人。中国共产党创始人之一，伟大的马克思主义者，杰出的无产阶级革命家。1945年4月25日，董必武穿着这件大衣参加了在美国旧金山举行的《联合国宪章》制宪会议。当时，众人对于董必武穿什么衣服出席联合国成立大会感到苦恼。因为董必武平时生活节俭，对穿着仅仅要求干净、整洁，而从延安带来的衣服都是穿了多年且非常陈旧的，有的甚至还打着补丁。在章汉夫等人的劝说下，董必武从大局考虑，临行前，在重庆赶制了这件双排扣、咖啡色的长呢大衣，同时购买了一套非常便宜的西服，尽管董必武当时收到的置装费是1300美元。这件大衣见证了中国共产党人在《联合国宪章》制宪会议上第一次以公开身份登上国际舞台，更是老一辈无产阶级革命家艰苦朴素、勤俭节约美德的集中体现。

"民生在勤，勤则不匮。性习于俭，俭以养廉。"这是董必武在中华人民共和国成立初期刻下的座右铭，如今也刻在了红安县董必武纪念馆。在他的教育和影响下，他的子女从小养成良好的生活习惯，女儿董良翚至今还记得父亲教她"粒粒皆辛苦"的事。董家后人始终坚持勤俭朴素的作风，从不搞特殊化，从不摆架子。

林伯渠：为战友照明的小马灯

（现藏于中国国家博物馆）

　　林伯渠（1886—1960），湖南临澧人。著名的无产阶级革命家、教育家。早年参加同盟会，1921年加入中国共产党。1934年10月，林伯渠以近50岁的高龄随红一方面军参加长征，并担任征集没收委员会主任、总供给部长等职。因为他年纪比较大，组织上给他配有一匹马，他很少骑，经常用来驮辎重或供伤病员使用。他有五件宝：棍子、草鞋、粮袋、马灯和军包，而一盏马灯更是让人印象深刻。因为他的小马灯从不个人占用，一定要把光亮照向大家。他不仅在险隘难行的路上举灯照耀着，让同志们走过去，还交代后面的同志要注意险路。

在漫长的革命生涯中，林伯渠始终保持这种关心群众的作风，而且他还以此教育子女，培养他们对人民群众的感情。1938年2月，林伯渠在西安八路军办事处见到了阔别多年的女儿林利。在简单询问了家乡近况后，林伯渠问道："你知道米多少钱一斤？盐多少钱一斤？布多少钱一尺吗？"听到这个问题，林利一时语塞。她本以为父亲会给她讲一些革命的大道理，没想到父亲会问起"柴米油盐"这种家务事来。看到女儿的疑惑，林伯渠语重心长地说："这些都是关系广大人民群众生活的事，关心人民，就不能不关心这些事。"林利恍然大悟，明白了父亲问题的深意。多年后，林利回忆起这一次会面依然记忆犹新，她后来说："父亲同我说的这些话，实际上是给我上了第一堂政治课。"

瞿秋白：用作党的经费的怀表

（现藏于中国人民革命军事博物馆）

瞿秋白（1899—1935），江苏常州人。中国共产党早期主要领导人之一。1919 年在北京参加五四运动。1920 年，以北京《晨报》和上海《时事新报》记者的身份赴苏俄采访。 1922年在莫斯科加入中国共产党。在此期间因苏联经济困难，他把自己的金壳表赠给了苏联政府，苏联政府为答谢瞿秋白回赠了这块怀表。1930

年，瞿秋白在上海进行地下工作时，将这块怀表当了50元大洋用作党的活动经费，后赎回，最后转给彭德怀使用。彭德怀一直保存到1946年，杨之华（瞿秋白的爱人）从新疆回到延安后，彭德怀又将此表送还给杨之华。1959年，杨之华将此表捐赠给中国人民革命军事博物馆。

瞿秋白为革命奉献了一生，1935年2月，瞿秋白在福建长汀县被国民党逮捕，6月18日慷慨就义。他的妻子杨之华是妇女解放运动的先驱，同瞿秋白一起参加革命。瞿独伊是瞿秋白和杨之华唯一的孩子，瞿独伊虽不是瞿秋白亲生，但瞿秋白视如己出，瞿独伊称他为"我的好爸爸"。父母亲为革命奉献的精神深深地影响了瞿独伊，1941年，苏德战争爆发，瞿独伊随着母亲离开莫斯科经新疆回国，在新疆被军阀逮捕，年轻的瞿独伊在狱中经受了严峻考验。后来，瞿独伊回忆说："近4年的监狱生活让我难以忘怀。在与敌人面对面的斗争中，我懂得了许多革命道理，对阶级的爱恨观有了新的认识。"

罗亦农：为母亲制作的木拐杖

（现藏于武汉革命博物馆）

罗亦农（1902—1928），湖南湘潭人，中共早期重要领导人之一。20世纪20年代初，罗亦农经上海党组织安排，与刘少奇、任弼时等赴莫斯科东方大学学习。行前，罗亦农想到自己即将远离家乡，而母亲年事已高，眼睛不好，行走不便。他就到附近的山岭上，砍了一根精心挑选的茶树枝，亲自将它制成拐杖，送予母亲，让拐杖替他伴随母亲。罗亦农牺牲后，这根拐杖带着儿子对母亲的爱，也带着母亲对儿子的思念，陪伴着罗亦农的母亲走过了风风雨雨四十余年。当时制作时拐杖长度约为170cm，而现在见到的这根拐杖只有110cm，消失的60cm，是罗亦农母亲四十多年使用过程中慢慢磨掉的。20世纪60年代罗亦农母亲去世后，罗亦农的侄子罗曦将拐杖收藏了起来，后由罗亦农的侄孙将其捐赠给武汉革命博物馆。

　　罗亦农这种孝顺的精神也传承到了他的儿子罗西北身上。罗西北是罗亦农唯一的孩子，但是在罗西北两岁的时候，父母就相继去世了，他是由外婆抚养长大的。1938年，12岁的罗西北被外婆送去武汉见周恩来，并由此开始了他的革命之路。罗西北与外婆感情非常深厚，在外求学期间，他经常想起外婆。回国后，他工作之余常去探望外婆。1958年，他随周恩来考察三峡时，周恩来询问他外婆的情况，并嘱咐他："你要孝顺啊，老人一生不容易。"罗西北没有辜负总理的嘱托，一直尽心侍候老人，直至外婆去世。

方志敏：一件旧大衣

（烈士后代保存）

　　方志敏（1899—1935），江西弋阳人。伟大的无产阶级革命家、军事家，杰出的农民运动领袖，土地革命战争时期赣东北和闽浙赣根据地创建人。这件大衣是由方志敏留给女儿的唯一遗物——毛毯改成的。据方志敏的女儿方梅介绍，父亲留给她的那条毛毯距今已有90年历史，早已破旧不堪，不能再盖了。于是，方梅将它改成了这件大衣，给当时上小学的孙子穿。后来孙子长大穿不了了，方梅还一直细心地保存着，把它当作传家宝。

"爱国、创造、清贫、奉献"是对方志敏的真实写照，他用一生实践了"清贫"二字。"清贫、洁白朴素的生活，正是我们革命者能够战胜许多困难的地方。"这是他在遗著《清贫》中所写的，并且他在书中还表达了自己"一向过着朴素的生活，从没奢侈过"的人生态度，而这一态度在他的子女身上也得到了传承。这件由旧毛毯改成的大衣就是他们一家清贫的有力见证。

杨靖宇：一张桦树皮

（烈士后代保存）

　　杨靖宇（1905—1940），本名马尚德，河南确山人。东北抗日联军主要创建者和领导人之一，著名抗日民族英雄。1927年加入中国共产党，在当地领导了多起农民暴动。1928年，他离开老家远赴东北，曾任东北抗日联军第一军军长、第一路军总司令等职。1940年2月23日，时任东北抗联第一路军总司令杨靖宇在冰天雪地，弹尽粮绝的紧急情况下，最后孤身一人与大量敌人周旋战斗几天几夜后壮烈牺牲。杨靖宇牺牲后，日军剖开了他的遗体，发现他的胃饿得变了形，里面除了尚未消化的草根和棉絮，连一粒粮食都没有！

虽然杨靖宇与家人聚少离多，但是杨靖宇的精神却如血液一般流淌在其后人的身体里。1953年，杨靖宇的儿子马从云带着妻子方秀云和长子马继光到东北为父亲扫墓，杨靖宇的一位老战友送给他们一件特殊的礼物：一张桦树皮，并说："当时你父亲就是吃这个和敌人打仗。"从此，这张桦树皮就成了他们家的传家宝。每到过年时，方秀云就会把这块桦树皮拿出来，告诉后辈们："你们是抗日英雄的后代，时刻要注意自己的言行，不要给爷爷抹黑。爷爷在如此恶劣的环境下还坚持与日寇战斗，你们在生活中遇到一点挫折又算得了什么，你们要像爷爷一样做一个顶天立地的人。"2016年10月30日， 92岁的方秀云老人病逝，她的临终遗愿，就是希望后辈们把家风传承好，再苦再难也坚决不能以英雄后代的名义向组织提任何要求。

吉鸿昌："作官即不许发财"纪念碗

（现藏于中国国家博物馆）

吉鸿昌（1895—1934），河南扶沟人。著名爱国将领。"作官即不许发财"是吉鸿昌亲书的父亲遗嘱，他把这句话烧制在碗上留作纪念，作为自己为官的座右铭。

1920年，当时25岁的吉鸿昌任营长，父亲吉筠亭病重。他对前来探视的吉鸿昌说："当官要清白谦正，多为天下穷人着想，作官就不许发财。否则，我在九泉之下也不能安眠。"吉鸿昌含泪答应。

　　父亲病逝后，吉鸿昌把"作官即不许发财"七个字写在瓷碗上，要陶瓷厂仿照成批烧制，把瓷碗分发给所有官兵。他在分发瓷碗大会上说："我吉鸿昌虽为长官，但决不欺压民众，掠取民财，我要牢记父亲教诲，做官不为发财，为天下穷人办好事，请诸位兄弟监督。"

　　吉鸿昌言行一致，一生清白廉正。1934年，吉鸿昌遭国民党反动派杀害，他的妻子胡鸿霞为领回他的遗体抵押了唯一的住宅，领回遗体后，在他的贴身小褂的口袋里，胡鸿霞发现了一根小铅笔头和一张小小的香烟纸，上面写着几行字，一行写着"不要告诉我太太知道"；另一行是"不要厚殓"。吉鸿昌生前将大部分钱财都用于购买军火支援抗日，死后还不许厚葬，用一生践行了父亲的遗愿。

洪学智：传承三代的毛毯

（现藏于四平战役纪念馆）

　　洪学智（1913—2006），安徽金寨人。1955年，中国人民解放军首次授衔，洪学智被授予上将军衔；1988年，恢复军衔制度后，洪学智再次被授予上将军衔。在人民解放军的历史上，两授上将者，只有他一人。洪学智革命生涯几十年，为祖国的独立、民族的解放和社会主义建设事业立下了丰功伟绩、做出了卓越贡献。但是，他的生活始终都很简朴，一直保持着劳动人民的本色。

　　1946年，四平保卫战结束后，时任西满三师第二副师长兼参谋长的洪学智从四平到辽吉省委和辽吉军区所在地白城子。在这里，时任辽吉省委书记的陶铸将这条毛毯送给了他，说："你经常在前方打仗，东北的冬季特别冷，这条毛毯你留着用吧。" 战争年代的条件十分艰苦，这条毛毯在当时是异常珍贵的，洪学智和夫人一直舍不得用。从东北的黑河到南方的广东，直到中华人民共和国成立，参加抗美援朝战争，这条毛毯一直跟随着洪学智。1968年，洪学智的大儿子洪虎要结婚了，他和妻子实在是拿不出像样的礼物，选来选去，他们就将这条珍贵的毛毯作为结婚礼物送给了洪虎。此后，这条毛毯又在洪虎爱人徐晓峰的精心保管下留传下来。这条毛毯浓缩着战友情、夫妻情和父子情，也是洪学智将军一家艰苦朴素作风的象征。

孙继先：满是血迹和弹洞的毛毯

（现藏于八路军太行纪念馆）

　　孙继先（1911—1990），山东曹县人。开国中将。这块毛毯是孙继先长征时留下来的。1935年5月下旬，孙继先任红一军团第一师第一团营长，具体参与指挥强渡大渡河、夺取泸定桥战斗。红军到达泸定桥之前，敌人已派兵把守对岸，并把桥上的木板全部烧掉。孙继先带领一营全体官兵，冒着炮火攀铁索而过。当时他裹着毛毯，扛着机枪，冲到距泸定桥几米处时，突遭敌机扫射，几发子弹从他肩头飞过，他以为中弹了，但仍冒着炮火向前冲，到桥头一看，只是毛毯被打了几个洞，肩部受了点轻伤，是这块毛毯救了他的命。经过两小时的激战，红一团终于占领、控制了泸定桥，掩护全军安全渡过了大渡河。孙继先背着这块救命毛毯走过了太行山脉、冀鲁平原，一直精心保存着。他说："用鲜血和生命换来的胜利，这块毛毯上的血迹和弹洞是历史的见证……"

　　孙继先育有五个儿女，在他的影响下，五个子女全部当了兵。他的儿子孙东宁说："父亲的经历对我比较大的影响是让我们对军人肃然起敬。"孙东宁当的是总参谋部的测绘兵，被分到新疆边境绘制军用地图，在那里一待就是十年。爬雪山，过无人区，条件极为艰苦，父亲孙继先知道他的这些遭遇后，只是对他说革命意志都是吃苦吃出来的，当兵的吃这点苦算什么。孙继先留下来的这条毛毯记录了当时战争的激烈，也记录了红军将士们的英勇无畏，如今，这条毛毯又影响着他的子孙后代，时刻提醒他们不怕吃苦、不怕牺牲。

王耀南：朱德赠送的派克钢笔

（现藏于中国人民抗日战争纪念馆）

王耀南（1911—1984），江西萍乡人。著名开国将军。1938年9月，王耀南任八路军一一五师工兵主任，接到命令从战斗前线去延安。从前方回来的朱德总司令接见了王耀南，朱德问他是否学习了毛主席的《论持久战》，并提醒他要提出一两个能有效抵御日本帝国主义的战术来。最后，朱德拿出一支派克钢笔插到王耀南的衣兜里，嘱咐他好好写字。返回前线后，文化程度原本不高的王耀南用这支钢笔在煤油灯下连写带画，总结、编写了许多有关地雷战、地道战、破袭战的材料和教材。

王耀南的英勇和钻研好学的精神也深深地影响了他的儿子王太和，在王太和眼中，父亲是个不善言辞的人，父亲留给他最深的印象就是深夜还在工作。在父亲的影响下，王太和认真学习，参军入伍进了部队，成了一名优秀的军人。

革命家庭

家风家教成典范

——毛泽东一家

中国共产党领导的革命队伍中有为数不少的红色革命家庭，毛泽东一家，无疑最具有代表性。毛泽东一家骨肉亲人中先后有毛泽建、杨开慧、毛泽覃、毛泽民、毛楚雄、毛岸英等为革命英勇牺牲。

毛泽东的父母都是勤劳朴实的农人，特别是他的父亲毛顺生，白手起家，辛勤经营，不仅赎回父辈典当出去的田产，还购进二十多亩土地，添置了十三余间大瓦房，扩大了家业。他靠勤奋兴家致富，因此要求子女不得懒惰，不容他们闲在家里无所事事。"人情多耽安佚而惮劳苦，懒惰为万恶之渊薮。"父辈的以身作则和谆谆教导沉淀出勤劳奋斗的朴实家风，培养出毛泽东不断奋进、善始善终的良好品质，并终身以勤奋自励。

毛泽东的妻子杨开慧是出身长沙一家书香门第的大家闺秀，她不仅是毛泽东早年革命活动的伴侣，同时还是中国共产党最早的女党员之一。她于1921年加入中国共产党，在中共湘区委员会从事机要兼交通联络工作。1930年11月14日被国民党反动派杀害。她29年短暂的生命历程，与我党波澜起伏的革命斗争历史紧紧相连。

杨开慧和毛泽东育有三子，长子毛岸英、次子毛岸青和幼子毛岸龙（早夭）。由于杨开慧的牺牲，教子的责任由身为父亲的毛泽东一力承担。但是战争年代，亲人总是聚少离多，毛岸英和毛岸青长期与父亲分离，所以早期毛泽东对他们的教导大多是通过书信来完成的。在一封写于1941年1月31日的家信中，毛泽东对他们的学习和发展方向提出了独到、精辟的见解，在信的第二段开头，他写道："你们长进了，很欢喜的。岸英文理通顺，字也写得不坏，有进取的志气，是很好的。惟有一事向你们建议，趁着年纪尚轻，多向自然科学学习……只有科学是真学问，将来用处无穷。"短短数百字，饱含了教子成才之道，足见毛泽东的爱子之心。除了教导儿子注意读书方法和内容，毛泽东还惦记着孩子们品德心性的培养。他在信中提醒，"人家恭维你抬举你，这有一样好处，就是鼓励你上进；但有一样坏处，就是易长自满之气，得意忘形，有不知脚踏实地、实事求是的危险"。他希望儿子正确对待别人的赞扬，以免在进步之时滋生骄傲自满之气。他最后告诫儿子，"你们有你们的前程，或好或坏，决定于你们自己及你们的直接环境，我不想来干涉你们，我的意见，只当作建议，由你们自己考虑决定"。在信中，毛泽东从一个伟大领袖还原成一个最普通的父亲，他对儿子们给予了很高的期待，但又不曾以居高临下的长辈姿态示人，而是将自己放到与孩子们平等的位置上进行沟通交流，尊重孩子们的话语权，春风化雨，润物无声。

　　毛岸英常把父亲的话语作为座右铭抄录在笔记本上，时刻激励自己，以不辜负父亲对自己的期望，而毛岸英也秉承父亲的教导，脚踏实地，实事求是。在一封毛岸英写给表舅向三立的信中，写道："来信中提到舅舅（毛岸英的亲舅舅、杨开慧的长兄杨开智）'希望在长沙有厅长方面的位置'一事，我非常替他惭愧"，他认为"这种一步登高的'做官'思想已是极端落后了"。他在信中还写道，"新中国之所以不同于旧中国，共产党之所以不同于国民党，毛泽东之所以不同于蒋介石，毛泽东的子女妻舅之所以不同于蒋介石的子女妻舅，除了其他更基本的原因以外，正在于此"。认为"对于这一层，舅舅恐怕还没有觉悟。望他慢慢觉悟"。在信的末尾毛岸英还表达了对表舅向三立的期望，"望从头干起，从小干起，不要一下子就想负个什么责任，先要向别人学习，不讨厌做小事，做技术性的事，我过去不懂这个道理，曾经碰过许多钉子，现在稍许懂事了——即是说不仅懂得应该为人民好好服务，而且开始稍许懂得应该怎样好好为人民服务，应该以怎么样的态度为人民服务了"。

当中共中央做出抗美援朝的决定后，在毛泽东的支持与鼓励下，毛岸英立即提出要参加志愿军。当时，毛泽东身边的工作人员曾劝说，毛岸英还是不要去朝鲜参战了，因为毛泽东已经在革命战争年代失去了五位亲人。但是毛泽东断然拒绝了这一建议。后来，毛岸英的牺牲，让毛泽东万分悲痛。当彭德怀就毛岸英牺牲的经过向毛泽东详细做汇报时，毛泽东听罢，沉默了一会，对彭德怀说："革命总是要付出代价的。岸英是一位普通战士，为国际共产主义献出了年轻的生命，他尽了一个共产党员应尽的责任。"

毛泽东与第二任夫人贺子珍的女儿李敏在采访中曾说："父亲教导我们什么时候都要谦虚谨慎，夹着尾巴做人。尤其要尊重身边的工作人员。"毛泽东身边的卫士有很多年龄和李敏相仿，但是，毛泽东还是要李敏、李讷她们称呼他们为叔叔。"他常提起这事，他说对工作人员要好，要尊重人家。工作人员付出劳动照顾我爸爸，我们好多事都不是靠自己做的，都是靠人家的劳动，所以要尊重人家。"

李讷是毛泽东最小的女儿，毛泽东对她疼爱有加，但也一再告诫她，不要自以为是，不要搞特殊。上大学后，李讷努力过着工农子弟般的生活，住学校，吃食堂，每周六下课才回家。有一次，李讷离校晚，卫士李银桥担心一个女孩子走夜路不安全，便瞒着毛泽东派车去接李讷。毛泽东得知此事后，狠狠地批评了李银桥。李银桥委屈地说："就是怕不安全。"毛泽东严厉地说："别人的孩子能自己回家，我的孩子为什么不行？不许用车接，说过就要照办，让他们自己骑车子回来。"因为从小上干部学校，上了大学的李讷身上还是多多少少有一些干部子女的傲气。后来，当她在学习了《庄子·秋水篇》之后，认识到了自己有自高自大的毛病，应该从根本上改变对己对人的态度，要彻底和同学打成一片。于是，她写信向毛泽东汇报了这一思想动态。毛泽东看后，深为女儿的进步高兴。1963年1月4日，他给李讷回信予以鼓励，这让李讷的精神面貌焕然一新，无论在政治思想，还是在作风品格方面，都产生了明显的进步。

毛泽东不仅是领导中国人民彻底改变自己命运和国家面貌的一代伟人，在家风家教方面也堪称一代典范。毛泽东一家的家风，有一个醒目的标签：严。教子严，律己严，持家严。古人说："将教天下，必定其家，必正其身。"他给自己定下三条原则：恋亲不为亲徇私，念旧不为旧谋利，济亲不为亲撑腰。在亲情与党的利益、人民的利益之间，他始终保持着清醒的头脑，为全党做出了表率。他对子女从为人到治学，从事业到婚姻，都谆谆教诲。他给儿女们的大量书信，慈严兼备，感人肺腑。毛泽东秉承了父亲对他的教导，也尽了教育自己孩子的责任。开怀家国事，不言身与家，就是毛泽东严以教子家风的精准概括。

廉洁奉公树楷模

——彭德怀一家

彭德怀是德高望重的老一辈无产阶级革命家、政治家、军事家，党、国家和军队的杰出领导人。他把毕生的精力献给了中国人民的解放事业和社会主义国防及建设事业，建立了不朽的历史功勋。他的两个弟弟彭金华、彭荣华是早年被国民党反动派杀害的革命烈士。

彭德怀的一生没有亲生子女，但他对待自己的侄子侄女，有着深切的舐犊之情。中华人民共和国成立后，彭德怀把两个弟弟的孩子一共七人接到北京，供养他们上学读书。然而，彭德怀对侄子侄女们在思想和生活上的要求又是出了名的严格。

1955年，部队实行薪金制，彭德怀的大侄子彭启超当时正在一所军事学院学习。彭德怀担心侄子在经济宽松后就开始大手大脚地花钱，于是想了个办法替他攒钱。当时，彭启超的妹妹还在上学，他要求侄子负担起妹妹的生活费和学费，叮嘱他每月从薪金中留出二十元寄给她。而另一边，彭德怀却嘱咐侄女："你的生活费还是由我给，你哥哥给你的钱，不要用，按月给他存入银行，以后他用时，你再还给他。"

　　同年，中国人民解放军实行军衔制，全军的评衔工作由彭德怀总负责。给彭启超评军衔的时候，彭德怀要求压低一级，只授予侄子中尉军衔。满腹委屈的彭启超趁着寒假回家当面埋怨伯伯："您为什么要这样做，我可是您的亲侄子！"彭德怀严肃地说道："正因为你是我的亲侄子，我才必须这样做。因为了解你的人，知道你是凭本事当上上尉的；可不了解你的人，一定以为你是靠彭德怀的关系戴上这个牌牌的。全军近百万干部要授军衔，在这个问题上，我只有牺牲你，才能服众。这里没有政策问题，只有全局问题。"

　　彭启超离家返校的时候，彭德怀还郑重其事地写了一封信给侄子，信中写道："启超，你既为彭家人，就要遵守彭家的家风，任何时候都要清正、廉洁、诚实。老实人有时会吃亏，但从长远看，老实人不吃亏。想想那些为革命牺牲的人，你还会为肩上多一颗豆豆、少一颗豆豆烦恼吗？俗话说，近水楼台先得月，可从我这，得改改这个规矩，那就是近水楼台'不'得月。你也许一时想不通，但时间久了，你会明白伯伯的一番苦心，严是爱，松是害……"启超深受感动，终于心服口服。

　　彭德怀公私分明，要求家人不许特殊化，他的侄子侄女们在生活中也自觉约束自己的言行，不敢以权谋私。彭德怀的侄女彭爱兰生第一个孩子的时候，临盆在即，丈夫却出差未归。她本想借用伯伯单位的小车去医院，可一想到伯伯不允许家里人坐公车就没敢拨电话。最后，彭爱兰忍着疼痛喊来一辆三轮车，一个人穿越大街小巷去医院生产。还有一次，彭德怀回乡调查研究期间，正碰上侄子彭康志的婚事，迎亲的时候，有人提出要用小轿车去接新娘，但是彭德怀拒绝了。他劝彭康志的母亲："不要搞这种排场，不要铺张浪费。小车是公家的，我怎么动用它干私活呢？不能去占公家点滴便宜。再有，这么搞，很不必要，会脱离群众。"康志的母亲听了他的话，婚事一切从简。

在彭德怀的侄子侄女中，彭荣华的女儿彭钢和他一起生活的时间最长，交流也是最多的，彭德怀对她非常疼爱。彭钢回忆，她上学的时候一直都是住校的，后来彭德怀劝她，希望她以后走读，回家里住。当时彭德怀的居所是中南海永福堂，那里戒备森严，彭钢觉得不如学校自由所以很不情愿，但伯伯开了口又不好意思拒绝。考虑到走读上学有半个多小时的路程，于是她提出条件，除非伯伯给她买辆自行车，否则不走读。彭钢以为彭德怀向来生活节俭肯定不会同意的，没想到彭德怀真的破例送给她一辆永久牌自行车。

1959年彭钢考入西安军事电讯工程学院计算机专业，此时的彭德怀被打成"反党集团"首领，已经被免职。去学校报到时，彭德怀把自己出国用的小皮箱送给她装行李。晚上，他把侄女叫到身边语重心长地对她说："'西军电'是个好军校，你参军了，也就是说，进入社会了，从学习到生活都会有很大的变化，也可能会遇到一些意想不到的困难和挫折。你要有思想准备，绝不要因为我的问题对党有任何不满。你不要管我的事情，要相信党。最重要的是自己要有坚定的信念，在任何情况下，对社会主义、共产主义不动摇。自己不垮，谁也无法整垮你。到了学院，你要积极争取入党。"

彭钢毕业后,不论是在北京汽车制造厂当工人、干部,还是后来参军入伍成长为一名少将,身居中央军委纪委副书记、全国妇联副主席等高位,都牢牢记着伯伯的教导,始终保持着浩然正气。彭钢说,从物质财产的角度来说,伯伯什么也没有留下。但从精神财富的意义上,他留给后人的是对真理的追求,是对党、对人民、对祖国炽热的爱。

彭德怀用自己的一言一行为子侄们树立了良好的榜样,用艰苦朴素、诚实忠贞的家风影响着后人。

以身作则立家规

——贺龙一家

贺龙是久经考验的无产阶级革命家、军事家，党和国家的卓越领导人。贺家除了贺龙外，还有英勇忠烈的三位武艺高强的贺家三姐妹——贺香姑、贺戊妹、贺满姑。她们活跃在湘西，配合红军，为建立根据地立下了汗马功劳，最后在与敌人的斗争中壮烈牺牲。

生活在这样一个忠贞正直的家庭，贺龙对党对人民无限忠诚，对共产主义理想坚信不疑，也用一生的所作所为来教导自己的孩子。贺龙非常重视孝道。在贺龙父亲的忌日这一天，他会把子女们召集起来，逐一对着父亲的照片磕头跪拜。他说："这不是封建迷信，而是对长辈的追思和悼念，尽管离去的老人不可能知道在祭奠他，但后人却不能失去感恩之心。父母给了我们生命，大家才会有今天。"贺龙倡导的孝道，被儿女们很好地继承下来。到了贺龙的儿子贺鹏飞这一辈，甚至形成了一种心照不宣的惯例，每天姊妹中必须有一个人在家陪着老母亲吃饭。

贺龙曾对儿女们说："依靠自身努力，做有用之人，行大义之事才是根本。不要求你们成名成家，也不要想去做什么大官，但必须拥有一技之长，这样，于己于国家都有利。"贺龙二女儿贺晓明说："我们家的家风是我们父亲和母亲传下来的，叫作老老实实做人、认认真真做事，你要把这两条要做到了，这辈子你很伟大了。我们不敢在父母面前说假话，因为父亲最鄙视的就是这个！我们家还有一条规矩，不允许以父亲的名义向学校、组织要求特殊的照顾和待遇，如果这种行为发生了，全家都会非常鄙视，这也是父亲最不喜欢的事情。"贺龙还教育孩子们，要自己挣钱，父母有是父母的，丈夫有也不如自己有，花起钱来，总还隔着一层皮。这些家常话语虽然简单浅白，但蕴含的道理却是深刻的，儿女们把父亲的话当作座右铭记在心里，时刻激励自己自强自立。用贺龙的女儿贺捷生的话说，这些话自己受用了一辈子。

贺鹏飞出生时，贺龙已经五十岁了，寻常人半百得子往往会更加娇宠一些。但贺龙从不娇惯儿子。贺鹏飞上初中的时候，有一次踢足球把腿部踢骨折了。孩子受伤了父母心疼再自然不过，受到特殊照顾也在情理之中。但在贺龙这里依旧没有特权。一个星期后，贺龙就让打着石膏的儿子去学校上学了。并且交代儿子不许坐自己的专车，他在街上包了一辆人力三轮车，负责接送贺鹏飞上下学。贺鹏飞拄着拐杖坐在三轮车上，没有因为是元帅的儿子觉得不自在。有人觉得贺龙作为父亲太严苛，他却说："儿子本来就是普通一员，再说，正好借机让他受到磨炼，将来也好独当一面，把未来的路走得更好。"

1963年9月，贺鹏飞第一次报考清华大学失利，他本想请自己的元帅父亲出面帮忙，但贺龙拒绝了，他说："要想实现人生理想，唯一的办法就是继续努力，再没有第二个途径。"于是，贺鹏飞在清华附中复读了一年，最后依靠自己的努力如愿进入清华大学机械系深造。

据贺龙的女儿贺晓明回忆，父亲整日忙于工作，为国操劳，与儿女交流最多的时候是在饭桌上，所以他们的家教多是在饭桌上养成的。贺龙是农民子弟出身，农人艰苦朴素的作风他一直保持着。"细节决定成败，饭桌上的学问大了。"贺龙这样告诫孩子们，"一粒粮食一粒汗，要懂得去珍惜。"每次吃饭，贺龙都要求他们碗里不许剩饭粒，桌子上也不要掉饭粒，吃完饭以后，自己把用过的碗和筷子送到厨房洗干净，再放到旁边，这是家规。他不光定规矩，自己也以身作则，将规矩贯彻到底。在饭桌上，孩子们从父辈身上学到许多好客待人、谦逊恭让、孝道感恩、诚信做人等优良品质和基本礼仪，终身受益。

秉承父辈忠诚于人民事业的精神，2006年，退休后的贺晓明本着"不搞竞技"的宗旨，和妹妹贺黎明一起注册了"贺龙体育基金会"，一直在做公益，包括上高原办学校，扶持老区的孩子，关心青少年的成长。

低调简朴不忘本

——罗荣桓一家

记得当年草上飞，

红军队里每相违。

长征不是难堪日，

战锦方为大问题。

斥鷃每闻欺大鸟，

昆鸡长笑老鹰非。

君今不幸离人世，

国有疑难可问谁？

这是毛泽东写给罗荣桓元帅的七律悼亡诗，也是毛泽东生平唯一的一首悼念战友的诗。

罗荣桓是久经考验的无产阶级革命家、军事家，党、国家和军队的卓越领导人，中国人民解放军创建人之一，人民解放军政治工作奠基人，既能指挥作战，又擅长主持军政，是卓越的军事统帅。他少年时参加反帝爱国运动，青年入党，历经土地革命、抗日战争、解放战争，为新中国的建立立下汗马功劳。毛泽东视罗荣桓为知心战友，称他为"一辈子共事的人"。1963年12月，罗荣桓去世后，毛泽东异常悲痛，亲自出席了他的追悼会。

罗荣桓一生功勋卓著，身居高位，为人却十分低调，生活简朴，作风清廉。1946年，罗荣桓因病被党中央安排前往苏联就医。养病期间，组织上特意为他准备了一笔钱作为医疗费和生活费。然而由于苏联方面的招待，这笔钱没能用上。回国后，罗荣桓将这笔钱如数交还给财务部门，自己分文未取。

罗荣桓归国后，组织上为了他的健康，给他在哈尔滨市区内安排了一处很宽敞的独立庭院。这个庭院是旧时一位官僚的邸宅，设备齐全，装饰豪华。罗荣桓对此深感不安，他主动向组织申请换一座普通的住宅，把这座庭院换作公用。有一天，他去谭政家做客，见谭政住的是一座二层小楼，于是提出要跟谭政做上下楼邻居，谭政起初以为是他在开玩笑，没想到罗荣桓竟然真的搬了进来。

罗荣桓在苏联做了肾脏切除手术，手术虽然成功，但毕竟身体有所损伤，加上罗荣桓又一直劳心工作，顾不上保养，二十世纪六十年代初的时候又病倒了。他的秘书见他一直抱病工作非常辛苦，于是弄来了四张躺椅，想让他在工作之余好好休息保养。罗荣桓知道后非常生气，要求秘书退回。秘书颇感为难，最后罗荣桓做出让步："不退也成，一定要照原价给钱，用我的薪金。"

罗荣桓不仅严于律己，他还以身作则约束家人，要求他们拒绝一切特殊化。罗荣桓的弟弟罗湘毕业于黄埔军校，中华人民共和国成立前夕，是地方组织某部的干部，在接受解放军整编时，领导机关准备任命他为某部师副政委。罗荣桓闻讯后，认为罗湘还不是共产党员，坚决不能当副政委和部队干部，需要学习，改造思想，于是罗湘被送到军政大学学习。1950年1月远在湖南老家的二哥罗晏清陪罗荣桓女儿、女婿到北京，在罗荣桓家住了一段时间，罗荣桓便动员二哥罗晏清回到家乡，在土改中接受群众教育。为防止亲属来京找自己谋个一官半职或提出不切实际的要求，罗荣桓打电话给衡阳铁路局局长，要他劝自己的亲属不要到北京来找，不能免费坐火车。

　　妻子林月琴与罗荣桓相识于战争时期，1937年5月，两人在延安结为夫妇。婚后不久"七七事变"爆发，罗荣桓离开延安奔赴山西任八路军第115师政训处主任（后改为政治部主任）。新婚不久的两个人分别一年后，才在山西孝义抗日前线相聚。林月琴来到抗日前线后，在115师师部工作的梁必业同志准备安排她到司令部担任机关协理员。罗荣桓考虑再三，对妻子说："我相信你能胜任在部队的工作，但我觉得还是参加地方工作为好。一则，地方工作对女同志比较合适，晋西北根据地刚刚开辟，有许多工作等着女同志去做。再则，最好不要在我领导的单位工作，这样对你的锻炼可以大些。"林月琴欣然接受了丈夫的建议，随后就去了孝义区党委报到。

　　1946年夏天，罗荣桓赴莫斯科治病，一年后，林月琴随罗荣桓回国，东北野战军政治部组织部准备把她分配到野政组织部任副部长。罗荣桓听说后对林月琴说："你究竟做什么工作合适，让我再考虑考虑。"经过几天深思熟虑，罗荣桓对妻子说："你在山东曾做过组织工作，这岗位对你是适合的，但是，为什么要去当副部长呢？我看就不要那么些'长'字了。"罗荣桓接着建议林月琴办一个子弟学校，他认为这关系到培养革命后代的问题，是很重要的事。根据罗荣桓的建议，林月琴不要职务、不要名誉，在哈尔滨把很多干部家属组织起来，办了一所子弟学校。

干部子女最容易产生优越感，对此，罗荣桓对子女的教育丝毫不敢放松，经常叮嘱子女"不要成为八旗子弟！"告诫孩子们："你们不要有依赖爸爸、妈妈的思想，要靠自己的本事吃饭。"他鼓励子女和工农子弟亲近，看看人家是怎样生活的，鼓励他们多接近和帮助那些家庭有困难的孩子。他反复叮嘱："你们是老乡用高粱煎饼和地瓜养大的，可千万不要忘本啊！"

罗荣桓的大女儿罗玉英一直留在湖南老家，二十多年没有见过父亲，乡亲们听说罗荣桓担任第四野战军的政委，都高兴地向罗玉英祝贺，说她爸爸当了大官，以后就有依靠了。罗玉英在乡亲们的鼓动下心里也开始飘飘然，1949年底她给父亲写了一封信。罗荣桓回信教育她：

"你爸爸廿余年来，是在为人民服务，已成终身职业，而不会如你所想的，是在做官，更没有财可发。你爸爸的生活，除享受国家规定之待遇外，一无私有。你弟妹们的上学，是由国家直接供给，不要我负担，我亦无法负担，因此陈卓等来此，也只能帮助其送入学校，不能对我有其他任何依靠。"

罗荣桓的儿子罗东进和女儿罗南下上小学时，学校离家很远，每星期回家一次，都是机关用车集体接送，罗荣桓从不准单独派车接送。有一个星期六学校放学晚了，家里人派车去接了一次，罗荣桓发现后把全家叫到一起，严肃地对孩子们说："这样不好，汽车是组织上给我工作用的，不是接送你们上学的，你们平时已经享受了不少你们不应当享受的待遇，如果再不自觉就不好了，那样会害了你们自己。"他又吩咐工作人员，"以后绝对不准用小车接送孩子，让他们搭公共汽车也是个锻炼嘛！"后来有一次罗东进、罗南下放学回家，没有搭上公共汽车，两人步行，天很晚还没有到家。家里担心路上出了什么事，罗荣桓也有点着急。这时两个孩子满头大汗，一身尘土走进门来。问清原因以后，罗荣桓高兴地表扬他们说："好，好，你们做得很对，年轻人应该时刻锻炼自己，不怕吃苦。今天你们搭不上车走着回来，不怕苦，不怕累，这种精神要发扬，要长久地保持下去。"

1963年冬，罗荣桓病重，弥留之际拉着林月琴的手说："我死以后，分给我的房子不要再住了，搬到一般的房子去，不要搞特殊。"他又嘱咐孩子们："我没有遗产留给你们，爸爸就留给你们一句话，坚信共产主义这一伟大真理，永远干革命。"

忠于信仰存浩气

——彭湃一家

　　什么叫崇高的理想，伟大的抱负？真正的实践者，绝对不是喊喊口号，摆摆架子。革命先烈彭湃同志用他短暂而壮烈的一生深刻地为我们演绎了他为追求理想与抱负的实现矢志不渝，以实际行动所做出的种种不懈努力。彭湃这种充满激情的斗志，大爱无私的革命精神最终感化了整个家族，在彭湃的感召和带动下，彭家多人前赴后继走上革命道路。一家人包括他的兄弟、侄子等八人为民族的解放事业，先后奉献了最宝贵的生命。

　　彭湃出身广东省汕尾市海丰县有名的地主家庭，彭家家底深厚，号称有"鸦飞不过的田产"。然而，生活优渥的彭湃目睹了国家的积贫积弱，特别是看到底层农民被剥削、被压迫的悲惨处境，立志变革社会。他几经求索，最终走上了马克思主义革命之路，他号召农民起来进行斗争，并拿出家产来支持农民革命。作为地主家庭，彭湃的革命之举无疑是对家族的背叛。他的母亲曾责问他："祖宗无积德，就有败家儿。想着祖父艰难困苦经营乃有今日，倘如此做法，岂不是要破家荡产吗？"彭家把彭湃视为仇敌，大哥甚至以分家相威胁，但这都没能动摇彭湃革命的决心。彭湃认定家里的财产是剥削和压榨农民的罪证，应该退还农民。他将田契交还给佃户，可是佃户们却不敢接受，于是他采取了一个更加激进的行动。他请来许多农民，当众烧毁了全部田契，就是这把火，迅速燃起了农民运动的高潮，继而燎原全国，彭湃由此成了"农民大王"。

后来，彭湃的妻子蔡素屏也追随丈夫的志向，她的革命之举从女性的自我解放开始，不但自己改头换面，扔掉了缠足的绷布和小鞋，提着书包上私塾读书，还邀上吕玉、王香、杨华等几位妯娌一起到潮州会馆求取新知。1928年9月19日，蔡素屏在公平一带开展妇女工作时，因叛徒告密，在平岗乡被捕。三天后就被押回海丰县城老车头（现在的径口街尾），英勇就义。次年，彭湃被反动派杀害，英勇就义时年仅33岁。

英雄已去，浩气永存。彭湃骨子里为革命为理想奋不顾身的特质代代相传，在后人的血液里澎湃不息。蔡素屏牺牲的时候，他们的二儿子彭士禄才三岁，第二年，父亲彭湃也牺牲了。为了躲避国民党对他的搜捕，彭士禄一直是寄养在革命群众家中。八岁的时候，彭士禄被国民党反动派抓进监狱，后来被转运到广州感化院，直到1935年才被释放。随后彭士禄被转移，途中偶遇周恩来、邓颖超，在他们不断努力下，彭士禄学会了很多知识，并在1945年加入了中国共产党。1946年解放战争开始，彭士禄被派到宣化的炼焦厂工作，他还在炸弹制造厂工作过。而后到哈尔滨工业大学进行学习，后又转到大连大学学习。他到莫斯科等地留过学，1958年回国后彭士禄便在国内一直从事核动力研究，成绩卓越，被称为"中国核潜艇之父"。作为彭湃后人，彭士禄和他父亲一样都是了不起的人。

彭洪是彭湃和蔡素屏的第三个儿子，在他只有两个月的时候就被寄放到李如碧伯娘家抚养，随着彭洪长大成人，也慢慢知晓了自己的父亲和母亲当年为了革命奋不顾身的故事，并深深被他们的精神所影响。1942年，抗日的烽火燃遍了中国大地。在党组织的指引下，彭洪充满热情地投身于抗日救国运动中。他常常和堂兄彭科，利用夜晚把抗日宣传品张贴到大街、桥头，塞进窗户、带进学校中，号召百姓联合起来抗日救国。中华人民共和国成立后，彭洪随着边纵一支队伍进入海城。此后相当长一段时间，他作为县委干部，一直坚持在农村第一线工作，脚踏实地，将对党、对人民的爱倾注在工作中。

彭湃的胞兄彭汉垣在读书时就因热心公益和积极参与社会福利事业而博得人们的称赞，中学毕业后被选为副参议长。1922年辞去议长职务的他，投身彭湃发起的农民运动，被选为省农运执委兼交际部长。彭湃胞弟彭述，中学毕业后同样跟随彭湃从事农民运动，1925年加入共青团，海丰成立民主政府时，曾被任命为马宫镇巡官。1927年入党，任东江特委负责人，在一次敌强我弱的战斗中，英勇牺牲，年仅30岁。彭汉垣的儿子彭陆14岁就参加革命，中共党员，曾任广州市工委书记。大革命失败后，他在广州一家书店当店员做掩护，进行地下工作。而后被人认出遭逮捕。在狱中经历严刑拷打，但他坚贞不屈。1928年2月28日，彭陆被杀害，年仅17岁。

彭湃的孙女彭伊娜曾说："在爷爷的一生当中，你都会看到'责任、人民、国家'，这六个字是贯穿在他的生命里面的。他对他选择信仰的这个过程，非常慎重，选择了以后他对信仰的践行，非常地真诚无私，而且是坚毅的。所以，这些东西都无形地影响着我们。1988年的时候，当时省委要找一些懂广东话，又能写的人去参与澳门回归工作。考察了将近一年，我本来舍不得孩子，不准备去了，关键时候又是这个国家、人民、责任这种字眼，在影响着抉择。在家人的支持下，我就放下七个月的孩子到澳门去了，一去去了13年，才回到家里面。"

彭家四代几十口，几乎人人都在彭湃精神的感召下，追随其血染的足迹，与祖国和人民同呼吸共命运，为中国革命事业写下了一篇篇可歌可泣的壮丽诗篇。

"革命之母"写传奇

——葛健豪一家

在中国现代革命史上有四位杰出的湘籍革命家——

蔡和森，中国共产党早期领导人之一，无产阶级革命家，中共中央宣传部部长，中共两广省委书记；1931年在广州因叛徒出卖被捕牺牲，年仅36岁。

向警予，中国共产党早期领导人之一，无产阶级革命家，中国妇女解放运动的先驱，中国共产党第一个女中央委员，"模范妇女领袖"，1928年由于叛徒出卖在汉口英勇就义，年仅33岁。

蔡畅，无产阶级革命家，国际进步妇女运动的著名活动家，中国妇女运动领导人之一，第一任中华全国妇联主席。

李富春，无产阶级革命家，党和国家卓越领导人。1922年加入中国共产党，中共旅欧总支部领导人之一。1925年回国参加革命，新中国成立后，曾任国家计委主任，国务院副总理，中央书记处书记，政治局常委。

这四位革命家共同书写了中共早期的革命历史，为中国人民的解放事业做出了卓越的贡献，而且他们来自同一个家庭：蔡和森和蔡畅是血脉相连的亲兄妹，而蔡和森和向警予、蔡畅和李富春这两对夫妇又是中共党史上著名的革命伉俪。

这是一个备受瞩目的革命家庭，而这个光荣家庭的背后有一个居功至伟的女性，她是缔造这个家庭的灵魂人物，正是她培养出了四位优秀的无产阶级革命家，凝聚起这样一个光荣的革命家庭。毛泽东亲切称她为革命的"大家长"，她就是蔡和森和蔡畅的母亲葛健豪。

中国现代革命史上有两个最值得一提的"革命母亲"，一位是廖仲恺的夫人、廖承志之母何香凝；另一位就是蔡和森与蔡畅的母亲葛健豪。

葛健豪是一位极富传奇色彩的女性。她原名兰英，湖南双峰县荷叶镇桂林堂人，娘家葛氏家族是当地的望族，父亲曾是湘军参将。这一家族与晚清名臣曾国藩的曾氏家族和"鉴湖女侠"秋瑾的婆家王氏家族都存在姻亲关系，处于当时荷叶镇地区社会权力阶层的顶端，因此，葛健豪本人可谓出身名门。

由于和"鉴湖女侠"秋瑾家存在姻亲关系，且两家相距不远，葛健豪久闻秋瑾大名，心生敬仰，多次前去拜望秋瑾，两人情同手足，结下终生友谊。正是从秋瑾那儿，葛健豪开始接触到了新思想，革命思想和女权意识开始萌芽。她后来和秋瑾以及湖南另一位女权运动先驱唐群英一起合称为"潇湘三女杰"。她把秋瑾的事迹讲述给儿女听，以秋瑾为榜样教育子女，这使得蔡和森和蔡畅兄妹从小就在思想里种下了革命的种子，只待来日开花结果。

那时，辛亥革命虽然已经在全中国蔓延，但在广大农村和乡野社会依旧是死水一潭，纹丝未动。葛健豪受秋瑾的启发，率先接受了新思想的洗礼，她清醒地认识到知识的重要性，不仅鼓励子女求学上进，自己也主动补充文化知识，求取新知，并创下了两项惊人的记录。

其一是葛健豪年近半百与儿女同进学堂求学。1913年，听闻女校创办，已经48岁的葛健豪带着儿子蔡和森、女儿蔡畅和蔡庆熙以及年仅4岁的外孙女去往湘乡县城求学。她因为报考女校的事情产生了纠纷，惊动了当地县官，县官感佩她的精神，赞她"奇志可嘉"，令学校破格录取，与儿子蔡和森同读高小班。从县城学成归乡后，葛健豪开办了一所女子职业学校，称为"二女校"，倡导妇女解放，鼓励女性自立自强。虽然这所女校仅办了三个学期，但已经是公认的妇女平权的创举。后来蔡和森、蔡畅兄妹考上了省城长沙的学校，葛健豪又带着长女和外孙女上省城求学。一家三代同城求学的故事在当时传为佳话。

其二是她曾以五十四岁"高龄"携儿女赴法留学。1919年，在五四运动的推动下，赴法勤工俭学运动形成高潮。这一年的12月25日，葛健豪率领蔡和森、蔡畅、向警予举家赴法留学，葛健豪是当时1600多名留法学生中年龄最大的，这个"老留学生"对当时的青年影响很大。她是中国第一个赴欧留学的裹脚女子，被当时舆论界赞为二十世纪"惊人的妇人"。她留法的四年是最为传奇的人生经历，不仅努力完成自己的学业，还积极参加留法学生的革命活动，鼓励儿女自由婚恋，正是在她的支持下，成全了蔡和森夫妇与蔡畅夫妇这两对革命伉俪。

蔡畅后来回忆母亲时说："我母亲在那时候，真是一个可惊的妇人。当1911年辛亥革命爆发的时候，她年近五十岁了，但她很受革命的影响。"作为"革命大家长"，葛健豪一直是儿女革命事业最坚强的后盾。在省城求学的时候，她的家就是蔡和森、毛泽东等一班有志青年谈论时政、交流思想的聚会场所。新民学会成立后，她常常去当"旁听生"，倾听他们的议论，领悟其中的道理，从中接受了新思想。在法国留学的日子里，她对蔡和森等人在法国的建党活动予以支持和帮助。她曾发起组织了"开放海外大学女子请愿队"，她走在队伍的最前面，到里昂大学请愿。1921年2月28日发生的向北洋军阀政府驻法公使馆的请愿斗争，她又一次参与其中。她与蔡畅、向警予等人走在400多名留法学生的最前列，冲进了北洋政府驻法公使馆，迫使其做出了让步。

葛健豪回国后不久，参加了省女界联合会"恢复成立大会"，并参与了女界联合会简章和宗旨的讨论、制订工作。1925年夏，她在长沙颜子庙办起了一所平民女子职业学校。当时，省总会介绍眷属来入学的特别多。学校开办时为两个班，后来增至4个班。这所学校由于与共产党的关系密切，实际上成了革命者的活动场所。葛健豪亲自为党传递信件，担负党的接头任务，还让党内的许多同志在校内寄住。毕业学员中有许多人后来成了革命者。

大革命失败后，葛健豪先后辗转于武汉、上海，掩护儿女、儿媳和女婿干革命。至1928年她的次子蔡麓仙与儿媳向警予先后为革命牺牲后，经蔡和森与蔡畅商定，才被安排回到了老家湖南双峰。1931年蔡和森在广州壮烈牺牲，家人怕她伤心，一直瞒着她，直到1943年葛健豪78岁逝世，依旧不知道儿子已经为革命牺牲了。临终前，她还心系未竟的革命伟业，留下遗言："母亲已看不到他们的事业的成功了。但革命一定会胜利的！"

葛健豪为革命耗尽了半生心血，这是母亲独有的坚韧和强悍，她是当之无愧的"革命之母"。蔡和森夫妇和蔡畅夫妇没有辜负母亲的期望，他们为国家和人民的事业建立了不朽的功勋。在追求真理的革命道路上，母亲葛健豪的革命情怀伴随了他们一生，护送他们一路前行。

慷慨赴难励后人

——夏明翰一家

砍头不要紧，只要主义真。

杀了夏明翰，还有后来人。

多少年来，这首气壮山河、光照千秋的就义诗，是夏明翰烈士对自己信仰的铮铮誓言，也是对后来者的殷殷期许。这首诗伴随夏明翰的革命事迹，一直激励着无数共产主义的追随者前赴后继、赴汤蹈火。而实际上夏家除了夏明翰之外，还有夏明翰的弟弟夏明震、夏明霹，妹妹夏明衡以及亲外甥邬依庄均为革命牺牲，史称"夏门五烈士"。

夏明翰是湖南省衡阳县人，出身书香门第、仕宦之家，祖父和外祖父都曾是清朝的进士。他生于乱世，亲眼看见旧中国的种种黑暗现实，再加上小时候母亲陈云凤对他的革命启蒙，使他从少年时代起就志存高远，心忧家国。五四运动爆发后，19岁的夏明翰与进步同学一起进行爱国宣传活动，他当选为湘南学生联合会总干事，主编《湘南学生联合会周刊》，表现出高昂的爱国热情和杰出的组织才干。

1920年秋，夏明翰在长沙结识了毛泽东，成为毛泽东创办的湖南自修大学的第一批学员。1921年冬，经毛泽东、何叔衡介绍，夏明翰加入中国共产党。1924年担任中共湖南省委委员，先后兼任组织部长、农民部长和长沙地委书记。在他的领导下，湖南的农民运动开展得轰轰烈烈，成为全国农民运动的模范。他不仅大力培养农运干部，积极选拔优秀青年到广州的全国农民运动讲习所学习，还把自己的弟弟夏明震、夏明弼和妹妹夏明衡派到家乡衡阳开展农民运动。

1927年，蒋介石在上海发动"四一二"反革命政变，屠杀共产党人和革命群众。夏明翰闻讯后悲愤不已，写下誓言："越杀胆越大，杀绝也不怕。不斩蒋贼头，何以谢天下！"他根据党的安排，积极协助毛泽东部署秋收起义。秋收起义失败后，毛泽东率部进入井冈山开始创建农村革命根据地，夏明翰兼任平（江）浏（阳）特委书记，准备以平江、浏阳为中心继续组织起义，来配合井冈山的斗争。1928年初，他被中共中央调派湖北省委工作。1928年3月18日，因叛徒出卖，夏明翰不幸被捕。国民党法庭的审判官看到夏明翰年轻有为，妄图用功名利禄来诱降他，对夏明翰说：夏先生，古今中外，因时而动，乘势而变，识时务者为俊杰，概莫能外。当今之世，形势有利于国民党，而不利于共产党。凭着先生的才华，加之令祖的名望，将来何愁捞不到一个厅长、省长的官职？先生年纪轻轻，上有老母，下有妻儿，就这么随便抛妻弃子，自陷于不仁不义，未免可惜。面对诱惑，夏明翰大义凛然地说道："共产党人爱国家，爱民族，爱劳苦大众，当然也爱自己的亲人，爱妻子儿女。但是，为拯救百姓于水火，为振兴民族之强盛，为后代生活之美满，我们随时准备牺牲自己的生命，这就是共产党人的大仁大义。"

夏明翰在生命尽头给亲人写了三封家书，亦可以称得上是诀别信。每一封都像他自己说的那样，无愁，无泪，无私念。相反，全都洋溢着对信仰的执着，对革命必胜的信念。信中饱含对亲情的倾诉，但这种倾诉中传递着希望家人、后人为革命真理、为共产主义事业继续奋斗的心愿。这三封"红色家书"是夏明翰用敌人给他写"自白书"的半截铅笔和纸，给母亲、妻子、大姐分别写的。三封家书原件虽被毁，但在夏明翰故居，可以看到已经广为流传的家书内容。在给母亲的信中，夏明翰写道："亲爱的妈妈，别难过，别呜咽，别让子规啼血蒙了眼，别用泪水送儿别人间。儿女不见妈妈两鬓白，但相信你会看到我们举国的红旗飘扬在祖国的蓝天！"给妻子的信中夏明翰这样说："……红珠留着相思念，赤云孤苦望成全，坚持革命继吾志，誓将真理传人寰！"给大姐的信中，夏明翰坚定地表示："认定了共产主义这个为人类翻身解放造幸福的真理，就刀山敢上，火海敢闯，甘愿抛头颅，洒热血。"

夏家一门，正像夏明翰说的那样：杀了夏明翰，还有后来人！他的五弟夏明震在领导湘南起义后不幸被捕，在郴州英勇就义，年仅21岁。他的七弟夏明霹在衡北从事地下游击斗争时落入敌手，在衡阳惨遭杀害，年纪还不到20岁。他的四妹夏明衡，在长沙被国民党反动派追捕，牺牲时，年仅26岁。他的外甥邬依庄在红军攻打长沙时参军，后在与国民党军遭遇战中英勇牺牲，年仅19岁。

　　"一门五烈士"的夏家后人为之自豪，也以此自勉，家里长辈常常教导后辈，"明翰他们都是为穷人办好事牺牲的，夏家的后人要好好做人，为社会做贡献"。夏明翰的女儿夏芸，也就是在他就义时不满6个月的"赤云"，中华人民共和国成立后毕业于北京农业大学。那时候，夏明翰生前的许多战友对他留下的这个女儿倍加关心，但夏芸却铭记着母亲从小教育她是夏明翰"后来人"的身份，坚决服从组织分配，先后工作于江西的赣南、宜春、九江等地。她从事的有色金属勘探开采工作常常要在深山荒岭跋涉扎根，条件十分艰苦，但她从没有向组织提过任何要求。她说："虽然说我们生活的时代和过去不一样了，物质生活更丰富了，但艰苦朴素的作风不能丢，革命先辈的那种为了革命理想信念而不惜抛头颅、洒热血的执着精神更要学习和传承。"退休后，夏芸深居简出，默默生活在九江，连在一起生活多年的邻居也不知道她就是曾激励了几代中国人的革命先烈夏明翰的后人。夏芸对子女的要求是生活不能奢侈，低调行事，不要因为是烈士后代就感到与众不同，要凭自己的劳动去工作生活。

昆仲再续忠烈魂

——杨尚昆一家

　　杨尚昆，伟大的无产阶级革命家、政治家、军事家，党、国家和人民军队的卓越领导人。1926年加入中国共产党，在各个时期担任党政军重要职务，新中国成立后历任中央军委秘书长、中央办公厅主任、中华人民共和国主席、中央军委第一副主席。献身革命70余年，为中国人民的解放事业和建设事业贡献了毕生精力，为新时期改革开放和社会主义现代化建设事业做出了重大贡献。邓小平称他为"革命的元老"，胡锦涛评价他"以坚韧不拔的意志、不屈不挠的精神，书写了为党和人民不懈奋斗的壮丽人生"。

　　杨尚昆祖籍四川省潼南县双江镇（今属重庆），双江杨氏在当地是名门大户。杨尚昆的父亲杨宣永，号淮清，是远近闻名的杏林高手，经常为乡人义诊。他不仅以岐黄之术悬壶济世，而且心系家国，虽匹夫而忧天下。抗日战争时期，他积极组织双江各界人士捐资抗战，为民族事业而奔波。他对儿子杨闇公、杨尚昆的革命事业倾力支持，把双江的老家以及成都、重庆等地租住的寓所献出来作为地下党组织的工作联络站，还经常帮助医治革命志士，刘伯承、吴玉章等都得到过他的救治。

　　杨宣永有子女十二人，杨尚昆排行第五。在父辈的家国情怀影响下，杨氏儿女也都是满腔热血的爱国青年。杨尚昆兄妹共有六人投身革命。六人中，四哥杨闇公是他们的核心，杨尚昆视他为自己的革命启蒙者。杨尚昆曾说："我们家在共产党处于地下状态时就有六个共产党员，这在当时是很少有的。为什么从这样一个家庭里会出这么多共产党员？这有外部环境影响和家庭内部状况两方面的原因。……从家庭内部来说，同我四哥杨闇公直接有关。"

　　杨闇公原名尚述，号闇公，在家行四。他是中共四川党组织主要创建者之一。杨闇公和杨尚昆相差9岁，但关系很亲近。少年时，他常常给杨尚昆讲太平天国、义和团等历史故事，在杨尚昆幼小的心灵中"播下了革命的火种"。1917年杨闇公东渡日本留学时接触到马克思主义思想，归国后，他积极宣传革命思想，并动员家人革命。大革命时期，他与吴玉章、朱德、刘伯承等成为战友，通过他的关系，杨尚昆和吴玉章、刘伯承等人结识，他们都对他早期的革命思想和革命活动产生过积极影响。在四哥的鼓励下，杨尚昆考入吴玉章任校长的成都高等师范学校附属中学，就读期间，杨闇公经常引荐弟弟参加一些进步社团，结交革命青年，比如杨闇公和童庸生等人一起组织的马克思主义读书会，杨尚昆也参与其中。与此同时，杨闇公和吴玉章等人秘密筹建中国青年共产党，并创小刊物《赤心评论》宣传新思想。杨闇公常向杨尚昆介绍《新青年》《中国青年》等进步书刊，激发了杨尚昆对马克思主义学说的浓厚兴趣。

　　1925年，杨尚昆毕业后回到重庆，在四哥杨闇公的指导下阅读了《共产主义ABC》和《新社会观》两本书，同时为杨闇公的革命事业做一些简单的辅助工作。10月，他被吸收为中国共青团团员，翌年春，加入中国共产党。不久，共青团重庆地方委员会成立，杨闇公任组织部部长，他家便成了团组织的活动中心。杨尚昆从此走上了革命道路。

　　杨尚昆后来回忆四哥对他革命生涯的影响说："他不仅指导我读书，还帮助我正确认识自己出身的阶级和旧家庭。……这类见解，他常在信里告诉我，启发我认清腐败的封建家庭和半殖民地半封建的社会……正是在四哥春雨润物般的关怀启发下，我渐渐地接受革命思想，背弃了原来出身的阶级，投身到无产阶级解放事业中来。"

　　1927年，蒋介石勾结反动军阀制造了"三·三一"血案。杨闇公不幸被捕，就义时年仅29岁。

　　杨闇公牺牲的时候，杨尚昆正在莫斯科中山大学学习。噩耗传来，杨尚昆失声痛哭，"痛彻肺腑，多夜不能入眠"。在以后的岁月里，杨尚昆化悲痛为力量，以杨闇公的精神鼓舞自己的革命斗志，为革命事业赴汤蹈火，勇往直前。在四哥牺牲后的七十余载中，杨尚昆对自己的这位革命兄长一直深深怀念，他在文章中写道："无论是在革命处于低潮的艰难时刻，还是处在敌人追逼包围的危急之中，特别是在被林彪、'四人帮'一伙诬陷迫害的十多年里，只要一想到闇公四哥及无数革命先烈'头可断，志不可夺'

的英雄事迹，我就增强了无产阶级必胜、共产主义必胜的信心。和林彪、'四人帮'一伙作斗争同样需要不怕死、不怕杀头，我是决心同他们斗争到底的，如四哥所说：'人生如马掌铁，磨灭方休'。"

1998年，杨尚昆临终前召开最后一次家庭会议，明确表示希望归葬故乡，"同杨闇公埋在一起"。

时隔七十余载，杨门英烈、手足至亲终于团圆了。

严慈相济育家风

——陈赓一家

　　陈赓的一生充满传奇。近40年从军生涯，陈赓历经北伐、南昌起义、长征、抗日战争、解放战争，在中华人民共和国成立后被授予大将军衔。他是杰出的无产阶级革命家、军事家，是久经考验的忠诚的共产主义战士，为人民的解放事业立下过汗马功劳。

　　在陈家宅院的堂屋内高悬一面"陈"字大旗及一把八十斤大刀，大刀和大旗是陈赓的祖父陈翼琼的，也许，正是这些让年幼的陈赓从小就有了从军的意愿。他的祖父陈翼琼少时家境贫寒，从小喜爱武术，劳动之余，总要舞枪弄棒，后投奔湘军，从军后，骁勇善战，屡立战功。据陈家后人说，陈翼琼当年参加湘军就是为了追随湘军中的叔父陈湜。后来，祖父陈翼琼解甲归田，热心公益慈善事业，灾荒之年不惜卖田贷粮来救济乡民。但是陈赓的父亲并没有从军，而是承袭祖业，因为祖父陈翼琼在家中立下了"令二子今后可读书，但不得从军，不得为官"的训言。然而，训言最终也未能改变陈赓立志从军的心愿。1916年，陈翼琼辞世，在这年年底，他最疼爱的孙子陈赓逃婚，并加入了湘军。

　　陈赓参与了上海工人第三次武装起义，并在这次起义中认识了工人领袖王根英。1927年，他们在周恩来和邓颖超的撮合下结婚。1929年，王根英生下一子，取名陈知非。1939年3月8日，是陈赓一生中最惨痛的日子。这一天，第一二九师供给部遭到日军袭击，王根英将组织上配给她的骡子牵到卫生队给伤员骑，自己则步行冲到村外。脱险后她发现装有文件和公款的挎包没带出来，便只身回村去取，遭遇日军突袭而牺牲。当天陈赓在日记中只写了一句话："三·八，是我不可忘记的一天，也是我最惨痛的一天。"

虽然祖父陈翼琼曾训言"不得从军"，但其后辈从军者却远不止陈赓一人。陈赓的四子一女全部从军。陈知建考入了父亲一手筹建的哈军工，曾到昆明军区十四军陈赓曾指挥过的部队工作。退休前他是重庆警备区副司令员，少将军衔。长女陈知进考上了解放军军医进修学院，现在解放军总医院工作。她的丈夫也是军人，是海军装备部原副部长、海军信息化专家委员会副主任赵登平，少将军衔。陈知庶也从军，从济南军区防化团的炊事员干起，官至甘肃省军区司令员，少将军衔。陈知涯曾出国任驻美国大使馆武官处参谋，也是少将军衔。陈赓的孙辈，陈知建的儿子陈怀辰也从军，现在解放军总参谋部工作，中校军衔。

虽一生从戎，严于律己，陈赓却格外疼爱孩子，而且毫不掩饰，他不仅爱自己的孩子，对别的孩子也倾注了很多的爱。他生前收留了很多烈士子女，对待他们就像自己亲生的一样。尽管疼爱孩子，但陈赓绝不允许儿女滋长哪怕一丁点特权思想。他和妻子不让孩子上干部子弟学校，而是鼓励他们凭自己的本领考上最好的学校。陈赓一生不仰仗权势，不为子女谋取哪怕一星半点的福利。他的长子陈知非说："父亲对我们最大的影响，就是教会我们踏踏实实做人，勤勤恳恳工作，不为高官厚禄所惑，甘当人民公仆。"虽然父亲是陈赓，但是陈知非并没有得到任何特权。1952年，他从北方大学（今北京理工大学前身）毕业后，想去苏联进修。但那个时候大家都想去苏联学习，陈赓就要陈知非主动往后排，到后来陈知非才有机会去斯大林汽车厂实习两年。陈知非回国后，父亲也没有为他特别开绿灯，而是让他一直在长春第一汽车制造厂的底盘车间当技术员，直到陈赓去世才调到北京航天部。

"己身正，不令而从；己身不正，虽令不从。"陈赓从不过多地给孩子们灌输理论，而是以自己的一言一行影响孩子。长女陈知进对父亲最深的印象就是"和蔼可亲"，但是绝不允许子女说谎。在一次接受采访时，她回忆起了父亲最严厉的一次。那时，念高中的堂哥在他们家住，父亲担起了监督教育堂哥的责任。堂哥是学校学生会的文体部长，经常要参加各种活动，因此耽误了不少学习时间。一次考试，堂哥有一门功课只得了2分。他知道这么低的分数肯定会挨骂，于是，他就把成绩册上的"2"改成了"4"，再拿给陈赓看。陈赓发现后，把他们兄妹都叫到一块，当着堂哥的面，狠狠地对着桌子一拍，把堂哥大骂了一顿，并教育他们，做人一定要诚实、要真诚。这以后，家里的每个孩子再也不敢撒谎了，做事诚实，待人真诚，成了陈家每个孩子坚持的一个准则。

对于教育孩子，陈赓自有一套方法。除了身教之外，他还注意让孩子们自己去体会，去学习。1961年初，为了回避北京寒冬对身体的影响，陈赓在妻子傅涯及几个孩子的陪伴下，前往上海的丁香花园养病。回到阔别33年的上海，陈赓做的第一件事情，就是安排孩子们去参观汪精卫特务机关，以及陈赓曾经待过的提篮桥监狱。在那里，孩子们看到了各种残酷刑具，陈赓告诉他们，共产党员被反动派抓起来后，就要受到严酷的刑罚，有一些甚至是他们想象不到的。通过这次参观，孩子们对革命先辈对更加崇敬，也体会到了父亲的深意。

陈赓还有记日记的习惯。在行军打仗中，他也会经常记日记，日记本是一定要放好的，所以一直都保存得非常完整。作为一个高级军事指挥员，陈赓日记中有关战争的记述有很强的史料价值。女儿陈知进至今还能背诵父亲的很多篇章，她说："这是我们家风家训的好教材。"

不忘初心真本色

——曾山一家

"家慈五男二女留独子，先父三难一死为人民。"这是无产阶级革命家曾山亲笔题写的对联，现陈列在江西吉安革命烈士纪念馆。短短一十八字的对联高度概括出了一个革命家庭的光荣家史。

曾山，原名曾如柏，又名修生、宪朴、曾珊、唐古。江西省吉安永和镇锦源村人。曾先后参加过南昌起义、广州起义、抗日战争、解放战争，新中国成立后担任过政务院政务委员兼纺织工业部部长、国务院内务部部长等职。

曾山出身一个光荣的革命家庭，曾山的父母生有五男二女，但由于生活贫困，二男二女先后夭折，留下他和他的哥哥曾延生以及弟弟曾炳生。曾山的哥哥曾延生于1923年入党，参加过南昌起义，曾任中共赣南特委书记，领导了万安暴动，并把全家领上了革命道路。曾山就是在哥哥的影响下投身革命的。1928年，曾延生不幸被捕，同年4月被国民党反动派杀害于赣州城。弟弟曾炳生于1926年参加中国共产党，后被派往九江从事地下工作，也于1928年惨遭敌人杀害。曾山的父亲曾采芹是农村小学教师，他思想进步，热爱共产党，他以自己所在的农村小学作为党的交通站，义务为党组织传递情报，掩护党的组织开展各种活动。曾采芹先后三次被捕，最后一次被捕是在1931年，为保守党的机密坚贞不屈，视死如归，结果被敌人活活打死。"家慈五男二女留独子，先父三难一死为人民"，讲述的就是曾山父兄壮烈牺牲的事迹。

曾山的妻子邓六金也是一位巾帼不让须眉的英雄女性，她是红一方面军中参加过长征的少数红军女干部之一。解放战争时期，她受命筹办华东保育院，收养和照顾了一百多位革命烈士和陈毅、粟裕等将帅的后代，被亲切地称呼为"红军妈妈"。

无论是在艰苦的战争年代，还是在和平建设时期，曾山夫妇始终以共产党员的高标准严格要求自己，立党为公，勤政为民，一心一意工作，全心全意为人民服务。他们把共产党人艰苦朴素的优良传统化为家教家风，培养教育子女成为革命事业的接班人。他们先后孕育了七个子女，在子女的教育问题上坚持原则，要求孩子们像普通人家的儿女一样去广阔的天地中自我历练，学习、工作都要靠自己。他们告诫孩子们："我们的一切都是劳动人民给的，我们永远是劳动人民的一部分，要保持劳动人民的本色。记住这一点，比什么都重要。"

曾山夫妇并不只是口头上说说而已，他们以身作则，亲身示范，为孩子们树立榜样。

曾山在战争年代有过"艰苦奋斗"半面红旗的故事，他也把"艰苦奋斗"作为家规要求家人。一次，趁着全家人都在家，曾山给孩子们开了个会，给他们讲以前的革命历史，讲江西土地革命，讲皖南抗日的困难，讲山东打仗的艰辛。现在解放了，条件好了，但艰苦奋斗的本质不能变。曾山曾给孩子们规定了几条生活的原则：一个是吃饭吃饱、不饿肚子就行，不能挑三拣四；二是穿衣服能御寒、不冷就行，衣服破了补一补，大的不能穿了小的穿，不能和别的同学讲吃比穿；三是要爱劳动，自己的劳动自己干，不能依赖别人；四是要和同学搞好团结，互相帮助，与人为善；五是现在都在上学了，要比就比好好学习，看谁学习好。

曾山对孩子们要求最严的就是两件事，一是学习，二是品德。对于后者，他要求更严。他要求孩子们杜绝物质上的攀比，他每个月孩子们的零用钱，大的给一块钱，小的给五角钱，主要用来买牙膏、牙刷、肥皂、学习用品什么的。他说，不能让孩子养成乱花钱的坏毛病。他经常给孩子们讲："在旧社会，我们吃饭穿衣都很困难。现在你们长在新社会，虽然吃穿不用发愁，但不能忘本。"曾山自己就从来不讲究吃穿，他一件衬衣穿十几年，补了又补。袜子也是这样，不到无法再补，就不肯买新的。直到过世，他也只有两套正装，来回换着穿。现在吉安烈士纪念馆里，就陈列着他的这件衣物。

一次，一个孩子回来说："有人笑我，说我是干部子弟，还穿补丁衣服。"曾山对他说："穿补丁衣服有什么关系，艰苦朴素，勤俭节约，这是好传统。"在曾山家里，衣服都是大的不能穿了，改给小的穿，曾山的小女儿一直都是穿哥哥的旧衣服，直到上了大学才自己买了件女式衣服。过春节的时候，邓六金也是选最普通的蓝布、灰布给孩子们做新衣服，而且从来不讲究什么样式、质地这些高的要求。

保持劳动人民的本色，除了发扬艰苦奋斗的精神，曾山还拒绝一切特殊化。中华人民共和国成立后，组织分配了一个四合院给曾山一家居住，曾山觉得房子太大，就邀请其他工作人员一起住。单位在家里的客厅和办公室配备了地毯，但曾山不让用，亲自退回了机关。除了住房，单位还给曾山配备了工作用车。他对全家人讲，车是国家的，是让他工作用的，家里的所有人都不许因为自己的私事用车。于是，孩子们从来不搭他的车上下学。有时孩子们生病，曾山夫妇也是挤公共汽车送孩子去医院。

在子女的就学和就业问题上，曾山夫妇始终坚持原则，拒绝以权谋私。二儿子初中毕业后，曾山夫妇本可以利用他们的职权让儿子轻松升学，但他们拒绝"走后门"，而是鼓励儿子到工厂里当工人，学习技术，在劳动中自我成长。孩子初到工厂从学徒做起，每天抢大锤非常辛苦，下班回到家后常累得不能动弹。曾山夫妇虽然疼爱儿子，但依旧坚持原则，鼓励儿子坚持住，二儿子在工厂一干就是二十多年。

三儿子在四川空军服役时曾想请家里托关系调回北京读书，但被曾山拒绝，他批评道："参了军就要服从组织，哪能想上哪儿上哪儿？小孩子在外面闯一闯有好处嘛！"他鼓励儿子继续在四川服役，争当合格的战士。

小女儿和小儿子想参军，曾山对他们讲："我赞同你们去参军，但是能不能参上军，你们自己去学校报名应征，我不能去找这个人找那个人。" 小儿子在学校多次向军代表申请，甚至还哭过，终于在那年学校征兵中入伍了。但是，女儿参军可没那么容易，一来征女兵的名额很少，二来她眼睛近视，体检也通不过。女儿性格很要强，参不了军，就要去建设兵团。曾山夫妇年龄都大了，本来想让女儿留在身边有个照应，但看到小女儿要去，曾山也同意了，支持她和班里同学一起报名去黑龙江生产建设兵团。

曾山夫妇对子女严格要求，长大后孩子们也个个都有出息，他们或从政，或从军，不论居何要职，始终牢记父母的教诲，保持共产党人的本色，一心一意为人民服务。不忘初心，这就是他们的家风传承。

"井冈之子"彪青史

——陈正人一家

正义陶然革命人，英豪崛起忆红军。

征程踏上惊天志，捷报传来动地文。

对党尽忠终不改，为民报效见初心。

井冈之子彪青史，本色光辉主义真。

这是陈毅元帅之子陈昊苏在遂川纪念"井冈之子"陈正人时写下的诗句，短短一首七律，正是陈正人风云一生的注脚。

陈正人是老一辈无产阶级革命家，1907年出生于江西遂川县盆珠乡大屋村一个破落的地主家庭，家境贫寒，从小立志要改造社会。1927年，年仅20岁的陈正人和曾天宇、张世熙、刘光万等领导了著名的万安暴动，这场暴动是中国共产党最早发动的农民起义之一，也是江西省爆发最早、影响最大的地方武装暴动之一，被誉为"全省苏维埃革命的信号"。万安暴动之后，陈正人跟随毛泽东投身井冈山的斗争，协助毛泽东等开创井冈山革命根据地，为井冈山革命根据地的创立、建设和巩固立下了汗马功劳，"井冈之子"的美誉就是纪念这段岁月的勋章。

陈正人的妻子彭儒是一位参加井冈山斗争的巾帼英雄。她原名彭良凤，出生在湖南宜章县一个开明乡绅家庭，年仅15岁就放弃安逸生活，与堂哥彭晒，姐姐彭堃、彭娟一道参加了湘南暴动。她的娘家彭氏家族共有16人参加了暴动，红军将士和革命群众纷纷称赞他们是"彭家将"，彭儒是"彭家将"中年龄最小的一个。她经历过大革命，跟随朱德、陈毅参加了井冈山的"朱毛会师"。在井冈山时，彭儒遇见了陈正人，两个志同道合的年轻人结为夫妇，成为党史上又一对瞩目的革命伴侣，两人风雨同舟，相濡以沫，是革命婚姻的一代楷模。

1929年秋，彭儒正身怀有孕，却依然顽强地坚持斗争，为恢复井冈山根据地做出了积极的贡献。为了革命，彭儒生下第一个孩子陈永生后不得不将孩子寄养在老乡家里。可惜，永生在六岁那年不幸因病夭折，骨肉至亲再也没能团聚。

除了早夭的永生，陈正人和彭儒之后又相继生下了女儿陈春生和儿子陈瑞生，但迫于革命形势，不得不再次骨肉分离，将孩子寄养于他处。这是夫妇二人为革命做出的巨大牺牲。"我那时候就是一个有父母的'孤儿'。"陈瑞生后来回忆道。父亲陈正人曾对他说："所有的父母都是疼爱自己孩子的，把你和姐姐扔下走了，我们心里比谁都难过。可是，在战争年代，为了革命的需要，我们必须那样做。共产党员参加革命，不仅仅为了自己的家庭和孩子，更是为广大劳苦大众和千千万万的孩子都能过上幸福生活。这些道理，将来你会懂得的，也会谅解爸爸妈妈。"

一直到中华人民共和国成立，春生、瑞生才从寄养的乡亲们家里回归父母身边。中华人民共和国成立后的生活渐渐好了起来，但陈正人夫妇不忘初心，保持和发扬革命先辈们艰苦奋斗的作风和精神。1952年底，陈正人从江西调到北京，担任中央建筑工程部部长。当时全家老小住在一个破旧的集体院里。一天夜里，屋顶掉下来一大块灰皮，就砸在陈正人的脚边，第二天陈正人让人在房间里用两根木柱加固，却不让大修房屋。他说："一百五十六项工程还没搞起来，我这个管建筑的怎么能先修自己的房子呢？"后来，陈正人一家搬到了城外，房子仍然比较拥挤，机关后勤部门趁陈正人外出开会时准备加盖一间会议室，陈正人知道后，立即从外地打电话回来制止。他们的一言一行潜移默化地影响着儿女。"父亲是我心中永远的风向标。"陈瑞生坦言道，"受我父亲的影响，我也是一直教育我的女儿和孙女，要传承艰苦奋斗的革命精神，老一辈的精气神不能丢。"孩子们上大学的时候，陈正人给他们每月的生活费是16元，其中12元用来吃饭，剩下4元买一些必需的零碎用品，绝不允许孩子们乱花钱。瑞生上学时一床被子从小学盖到了大学，一直没换过。身上的衣服破了也不立即换新，缝补后接着穿，直到无法再穿为止。铅笔用到只剩下小小的一截笔头也不扔掉，继续使用。

陈正人对孩子们的要求很严格，教育子女"不要有干部子弟的优越感，人人平等""共产党员的字典里不应该有特权的字眼"。一个星期天，瑞生想搭父亲开会的小汽车进城，已经坐进车里了，陈正人还是要他去坐公共汽车，并说："你没有急事，坐公共汽车也很方便嘛！"记得上中学的时候，小女儿宜生常把自己节省下来的零用钱，支援生活困难的同学，陈正人知道后，高兴地表扬了宜生。他常常告诫子女："不要以为是爸爸养活了你们，我们吃的、穿的、住的都是劳动人民创造的。"他自己生活也非常节制，除了一块表、一支钢笔和一台收音机外，没有多余的财产。

除了日常生活上对子女严格要求，陈正人还十分重视孩子们的思想教育。当时，高干子女入党是很普遍的事情，一般的父母都会积极鼓励儿女入党，但是陈正人在这件事情上却并不催促孩子，他告诉孩子："关键不在于组织上入党，重要的是思想上要入党，即能不能时刻按个共产党员的标准去做到。"陈正人还时常对孩子们进行革命传统教育。每逢节假日全家团聚的时候，陈正人和妻子彭儒总要给孩子们讲自己过去参加革命的故事，或是讨论当前国内外的政治形势，既开阔了孩子们的视野，又教育孩子们不忘根本，继往开来。

在父亲陈正人的言传身教下，其子女长大后尽管走上了不同的生活道路，但兄弟姐妹始终团结友爱，踏实做人，勤勉工作，不负父辈的教诲。

甘于奉献为人民

——甘祖昌一家

在江西省萍乡市莲花县流传着这样一首民谣：

世上有个白求恩，

中国有个甘祖昌。

将军不做当农民，

有福不享爱劳动。

有钱不用支农业，

毫不利己专利人。

民谣传述的是莲花县的一位传奇人物——甘祖昌的事迹。

甘祖昌生于1905年，江西省莲花县坊楼镇沿背村人，1926年参加村农民协会，1927年入中国共产党，翌年参加中国工农红军，经历过井冈山斗争、五次反"围剿"、长征、南泥湾大生产。抗日战争时期，任八路军一二〇师三五九旅供给部军需科科长，三五九旅供给部副部长等职务。1949年9月随部队进驻新疆，被任命为新疆军区后勤部长。先后荣获二级八一勋章、二级独立自由勋章、二级解放勋章。1955年被授予少将军衔。

然而，从军六十余载的甘祖昌最传奇的却不是他的军旅生涯。在被授予少将军衔后，甘祖昌主动放弃了将军的优越待遇，他说："比起那些为革命牺牲的老战友，我的贡献太少了，组织上给我的荣誉和地位太高！"于是，这位戎马一生的开国少将毅然解甲，带着全家老小回到江西老家务农，做回最普通的农民。1957年至1986年，即他在家乡当农民的29年里，他带领乡亲们修建了3座水库、25公里长的渠道、4座水电站、3条公路、12座桥梁。据统计，甘祖昌工资收入加原有存款共计102452元，其中支付用于国家建设的有79032元，占总收入的70%多。1975年4月18日，《人民日报》以《万里征途不歇脚——记红军老战士、共产党员甘祖昌》为题，对甘祖昌先进事迹进行了报道。1977年，该文被选入江西省初中《语文》课本。

甘祖昌的小女儿甘公荣回忆："爸爸从小就教育我们要淡泊名利、艰苦奋斗，一生为党、一心为民。"甘祖昌将艰苦奋斗视为自家的传家宝，他告诫子女"要挑老红军的担子，不能摆老红军的架子"。在甘公荣读小学的时候，有一次，她因为一双鞋穿破了心生嫌弃，就丢在门后不打算要了。到了晚上，父亲甘祖昌替她补好了鞋子，并以此教育她"穿破鞋不丢人，贪图享受才不好。""艰苦奋斗是我们党和国家的优良传统，我们不能把这个传统丢了。"

除了生活作风简朴，甘祖昌对待家人也很讲究党性原则，公而忘私，从不会利用自己的权力为家人和自己谋福利。新疆解放后，甘祖昌的大儿子曾去新疆找父亲，试图通过父亲的关系找一个好工作，然而甘祖昌却认为儿子文化欠缺，干不了技术活，只能在新疆种田。还有一次，甘祖昌的大女儿在吉安卫校读书，她向父亲提出想当兵，甘祖昌支持女儿的志愿，但他拒绝出面帮她争取指标，因为当时江西的指标很少，而想当兵的烈士子女有很多，甘祖昌主张理应先让给他们。于是，大女儿提出去新疆报名，也遭到父亲的反对，理由是新疆有新疆的指标，不能随意插队，打乱别人的征兵计划。后来大女儿自己去吉安报了名。吉安军分区的领导向他反馈了大女儿参军的信息，想听听他的意见。甘祖昌说："她想当兵我没意见，但是希望你们在体检的时候严格把关，看看她身体有没有什么问题。但是我知道，她的眼睛有点近视，是不太合格的。"大女儿因此十分委屈，对父亲颇有怨言。

无论是从军，还是务农，甘祖昌将军将自己的一生都奉献给了祖国和人民，终生都在践行共产党人的操守。1986年春节过后，甘祖昌病危。临终之际，甘祖昌仍在交代家人："领了工资，先交党费，留下生活费，其余的全部买农药化肥支援农业。"

甘祖昌的妻子龚全珍多年来陪伴着丈夫，从新疆到江西，无怨无悔地支持着丈夫的事业。甘祖昌将军去世后，龚全珍延续丈夫一心为公的遗志，保持和发扬勤俭朴素、无私奉献的优良传统，数十年如一日地继续为人民、为社会服务。她毕业于西北大学，受到过良好的教育和中国优秀传统文化的熏陶，于是利用自己的专长投身山区的教育事业，同时热衷于公益慈善，经常帮助留守儿童和困难群众。她还签署了遗体器官捐献书，希望去世后也能继续为社会做一点贡献，用她自己的话说是"自己哪里有用就捐哪里"。2013年9月26日，龚全珍作为全国道德模范，受到党和国家领导人习近平同志的高度赞扬。

　　受甘祖昌夫妇的影响，他们的孩子都在平凡的岗位上老老实实做人，勤勤恳恳做事。其中，小女儿甘公荣在家乡基层岗位上，默默坚守了几十年，获得了"全国劳动模范"、全省优秀共产党员、全省"三八红旗手"、江西省道德模范等荣誉。她热心公益事业，捐款5万多元资助贫困学生，还担任了社区"龚全珍工作室"志愿服务队队长，她的儿子、儿媳、侄女，都成为志愿者，父辈的家风在他们身上代代相传。2016年12月龚全珍一家荣获第一届"全国文明家庭"光荣称号。

前仆后继闹革命

——王镜明一家

革命免不了牺牲，个体的牺牲已足够悲壮，举家以殉则更加震撼人心。王镜明一家就是这样一个为革命理想英勇殉道的忠烈之家。

王镜明，又名王敬民，字式谷，号怀奎，生于1867年。江西铜鼓人。他早年念过私塾，后因家境贫寒被迫辍学。他一边耕田务农，一边坚持读书自学，是当地为数不多的文化人。他不仅依靠自学成了一名"秀才"，而且深谋远虑，决心投身教育事业，用知识唤醒民众。他积极倡导地方办学，多方筹措资金，修建校舍，办起了一所面向社会、服务民众的学校——养正学堂。王镜明作为创始人，在乡亲们的推举下成为首任校长。

五四运动之后，马列主义传入中国，红色革命蔓延至江西，轰轰烈烈的工农革命在铜鼓兴起。王镜明不满足于靠教育造福一方，也萌生了投身革命的愿望。1926年，王镜明在县农民协会执委、第七区农民协会会长李建康的引导下积极投入农民运动，此时，他已经年过花甲，但老当益壮，不顾身体老迈，翻山越岭，走村串乡，给乡亲们宣传革命道理。在他的热心鼓舞和号召下，1927年春，幽居农民协会成立，王镜明任会长。铜鼓国民党右派和土豪劣绅大搞所谓"清党"的反革命活动，破坏工农运动。他们公然捣毁了县党部和县工会、农会等革命组织，大批共产党员和工农运动骨干遭受迫害，王镜明也被地方豪绅诬控为聚众闹事、扰乱治安的祸首。

四一二反革命政变发生后，王镜明被捕入狱，后经多方营救才得以出狱。

经历这番风波，王镜明的革命信念却没有受到丝毫动摇，矢志不移地继续革命事业。1927年冬，王镜明在铜鼓与平江接壤的里半天找到中共党组织。次年春，王镜明经叶祥文介绍加入了中国共产党。入党后，他受命回到铜鼓幽居，秘密发展党组织。1928年4月，中共铜鼓临时县委成立，王镜明任中共铜鼓县委委员兼巡视员。

1929年11月，由于叛徒告密，王镜明不幸落入敌手。被捕后，王镜明身遭酷刑仍不改初衷，最终慷慨就义，时年62岁。

王镜明视革命为终生事业，忠贞奉献，无私无畏。他的儿子们在他的言传身教下，先后走上了革命的道路。虎父无犬子，他忠于信仰、执着追求真理的革命精神在儿子们身上得到了良好传承。

王镜明有四个儿子，除长子廷熙早年病故外，次子仲才、三子庭燕、四子季民均在父亲的鼓舞下加入中国共产党，先后成为优秀的革命者。他们从父亲创办的养正学堂毕业后，分别考入南昌、九江、武汉等地的高等学校进行深造。三子王庭燕在武昌大学毕业后，由党组织派回南昌，以省立第三图书馆主任职务为掩护从事秘密革命活动。次子王仲才，经弟弟王庭燕介绍加入革命队伍，和弟弟一起在南昌从事秘密活动，后由于身份暴露，兄弟二人不幸被捕入狱。在狱中王庭燕组建了狱中支部，继续发展党员。1930年秋，张辉瓒在南昌"洗狱"，将王家兄弟在内的35人秘密杀害。

四子王季民早年追随父亲参加幽居地方的农会组织，与地主豪绅展开斗争。1927年冬加入中国共产党。

当两个哥哥被捕后，王季民被深明大义的父亲推荐到县游击队工作。作为当时父亲身边唯一的儿子，王季民陷入忠孝难两全的困境，但父亲王镜明告诫他：始终以革命利益为重，到革命最需要、最艰苦的地方去锻炼自己，争取为革命多出力。王季民牢记父亲的教诲，深入革命工作的前线，他与幽居地区的农会骨干组织起一支拥有数百人的工农武装梭镖队，开展武装斗争，并先后担任县苏维埃筹备委员会主任、县游击大队队长、中共铜鼓县委书记等职。1930年春，国民党军进攻苏区，王季民任湘鄂赣边区赤色第三大队政委。10月30日，正在病中的王季民不幸遇袭，他和护理他的幽居少共书记王振以及另一位互济会的同志奋起抵抗，但因寡不敌众，在战斗中壮烈牺牲，年仅27岁。

著名政治活动家、中国民主革命的先驱何香凝女士曾有慷慨豪言："苟利于国，则吾举家以殉，亦所不惜。"王镜明一家为了崇高的革命理想举家以殉，这种难能可贵的忠诚和甘于奉献的革命精神在王家父子身上一脉相承。

碧血伉俪为使命

——张朝燮一家

犹有经年未断魂，一回相见一温存。

卿能忍死何须怨，我已伤心莫再论。

憔悴残花空有泪，思量逝水了无痕。

从今世世为夫妇，休说来生更报恩。

这是革命烈士张朝燮写给妻子王经燕的诗句，既是他们坚贞不渝的爱情的见证，也表明了他们为革命献身的勇气。

张朝燮，字淡林，1902年生，江西永修县艾城街人。1926年加入中国共产党，为中共永修县党组织的创始人之一。曾任中共永修县党小组长、国共合作时的江西省党部执行委员兼工人部长、中共南昌特支组织委员、永修县委组织部长等职。妻子王经燕与他同一年生，同为永修县人。张、王两家为世交，张朝燮与王经燕自幼订婚，于1919年春节结婚。不久，五四运动爆发，正在南昌省立第二中学读书的张朝燮负责组织农校学生，参加了震撼全省的游行示威活动。1921年，他与同学王环心等在南昌江南会馆成立"永修教育改造团"，进行新文化传播。王环心是王经燕的堂兄，与张朝燮一同就读于南昌二中，阅读了进步书刊上李大钊等人宣传马克思主义的文章后，满腔热情地投身省城的学生运动。在丈夫和堂兄的鼓动下，王经燕参加了他们在永修涂家埠创办的含英小学的学习，与她一起入学的还有王环心的妻子淦克群，在那里，她们一起接受新思想、新文化，学习新知识，带头放脚、剪短发，参加社会活动。

1922年张朝燮考入武昌师范大学社会科学系（今武汉大学前身），在武昌党组织创建人之一的李汉俊的引导下，系统地阅读了马列主义著作，1923年加入中国社会主义青年团，翌年加入中国共产党。1923年，已是两个孩子妈妈的王经燕向丈夫吐露了想继续读书的心愿，在丈夫的支持下，王经燕考入南昌省立第一女子中学高中师范部就读。在学校，她积极参加各种革命活动，组织了进步团体女青年社，参加青年学会。1924年加入中国社会主义青年团，1925年初加入了中国共产党。从此，夫妻两人共同走上了革命道路，并肩战斗。

1925年初，张朝燮从武昌师大毕业，由党派回南昌，担任中共南昌特支组织委员。正当张朝燮为革命奔走的时候，江西地方党组织决定选送王经燕等13人赴苏联莫斯科中山大学学习，征求王经燕本人意见，已是三个孩子母亲的王经燕开始迟疑、犹豫，于是写信给在南昌的丈夫。张朝燮收到信后，立即从南昌赶回家，坚决支持她出国留学，王经燕当即表示服从组织决定。1925年10月，王经燕与其他几名永修籍学员一起从永修涂家埠火车站出发，前往莫斯科学习。临走前，张朝燮将一个信封塞给了她，上车后的王经燕拆开信封，里面是丈夫写的一首《念奴娇·送别》：

茫茫荆棘，问人间，何处可寻天国？西出阳关三万里，羡你独自去得。绰约英姿，参差绿鬓，更堪是巾帼。猛进，猛进，学成归来杀贼。

试看莽莽中原，芸芸寰宇，频年膏战血。野哭何止千里阔，都是破家失业。摩顶舍身，救人自救，认清吾侪责。珍重，珍重，特此送你行色。

王经燕读完，热泪盈眶。到达莫斯科不久，水土不服的王经燕经常生病，情绪不佳，再加上思念家中三个孩子，学习受到一定的影响。张朝燮得知后，立即去信劝慰她，信中说"对于年老的母亲，年幼的孩子，固然要挂念，而同时对于社会上一般受压迫者的民众尤应该放在心头，设法拯救""不要把对于私人的感情的热烈，超过对于团体感情的热烈，我们现在应当努力于我们的公共使命"，劝导她多考虑受压迫的民众，将个人利益放在后面，鼓励她努力完成使命。在他的鼓励下，王经燕将个人情绪抛到脑后，继续坚持学习。从此，两人经常书信往来，谈论着革命理想。

1927年政治形势急转直下，眼看大革命的前途要被国民党右派所葬送，身在莫斯科的王经燕获悉国内情况，十分忧虑，写信鼓励丈夫。信中写道："亲爱的同志，起来吧，我们共同的携手把资本主义社会上的一切障碍物和所有的一切罪恶，统统把它扫除，扫开一条新的光明道路，引导人们向那伟大的道路前进！这样才能救出一般歧途中的青年。我亲爱的同志，我们是特别负有这种责任的。"鼓励丈夫坚持身为革命者的任务，坚定革命的信心和勇气。

1927年4月15日，永修县长卢翰串通柘林豪绅吴廷桂，纠集80余人，包围县党部驻地城隍庙，而庙里只有王环心、张朝燮、曾去非等几位县委领导人和农民自卫军的八条快枪。由于寡不敌众，张朝燮不幸中弹牺牲，年仅25岁。而身在莫斯科的王经燕听说丈夫牺牲的消息后，强烈要求回国，经党组织批准，1927年6月6日组织上将王经燕送上了归国的路程。1927年11月，王经燕回到江西并向省委报到，面对张朝燮的遗像，她泪眼婆娑。但是，她想到了丈夫生前对她的嘱托，在任中共赣北特委委员、永修县委组织部长期间，她积极协助堂兄、县委书记王环心开展农村武装暴动的准备工作。在堂兄王环心和堂嫂淦克群遇害后，她接任永修县委书记，紧急召开县委扩大会议，做出坚持武装斗争的决定。她同县委委员李德耀、淦克鹤等建立了南乡根据地，恢复了党团组织。至1928年1月，全县共产党员发展至450人。1928年2月，王经燕调任中共江西省委秘书，后任代理组织部长。她化名贺落霞，以家庭女教师身份为掩护，秘密从事救济安置死难烈士家属、营救被捕战友、联络失去组织联系的同志等工作。5月，省委机关遭到破坏，王经燕不幸被捕。面对敌人的严刑拷打，她宁死不屈，表现了共产党人的崇高气节。6月的一个深夜，敌人将王经燕绑赴刑场，她神态自若，高唱着国际歌。就这样，年仅26岁的女共产党员王经燕为共产主义流尽了最后一滴血！

　　张朝燮与王经燕是一对碧血伉俪，正如他们的堂兄王环心和堂嫂淦克群一样，为革命奉献了宝贵的生命。在暴风骤雨的革命洪流面前，王经燕与张朝燮双双舍弃了长相厮守的日子，各自奔向党组织和革命最需要的地方，他们的红色爱情，他们坚如磐石的信念，始终如初的使命感，展现了革命先辈"革命理想高于天"的崇高追求。

后　记

作为社会主义先进文化的重要组成部分，红色家风既汲取了中华优秀传统家风的思想精华和道德精髓，也诠释着中国共产党人的革命情怀，是中华民族血脉中奔腾不息的红色基因。习近平总书记指出，"在培育良好家风方面，老一辈革命家为我们作出了榜样"，要努力"继承和弘扬革命前辈的红色家风"，做好新时期家风建设。为学习领会习近平总书记关于家风建设尤其是红色家风的重要论述，我们组织编写了家风建设学习读本《红色家风》。

《红色家风》立足于回溯革命历史，采用史料再现、文物展示、故事讲述等方式，从领袖家书、英烈留声、遗物故事、革命家庭等四个角度，深入挖掘中国共产党人修齐治平的革命信仰与道德风貌，深刻理解红色家风的博大内涵。希望此书的出版能为家风建设提供有益的参考和借鉴。

本书由江西省文明办主任张天清策划定题、框定结构、指导编写、统改审定。张玉胜、张越、李梦琦、邹婧、李瑶、胡青松等同志参与了编写工作。汤静涛、梁洪生、王一木等有关专家学者给予了专业性的指导和帮助。本书编写过程中，借鉴了有关资料，在此一并致谢。

由于时间仓促和水平有限，不足之处在所难免，敬请广大读者批评指正。

编 者

2017年12月20日